AF502839

Colonel GODCHOT

LA FONTAINE

ET

SÉNÈQUE

Prix: 10 fr.

1930

Editions de MA REVUE
71, Boulevard de Versailles, 71
Saint-Cloud (Seine-&-Oise)

DU MÊME AUTEUR

La Mission du Général Gordon et la Défense de Karthoum (1884). Broch.

L'expansion coloniale européenne en Afrique (1891)
Broch.

Les Neutres, étude historique et juridique de Droit maritime
international public (Fontana, Alger, 1891). 1 vol.

Lettres à Georgette (Berger-Levrault. Nancy).

Les Grandes Manœuvres en Algérie en 1894 (Leroux,
Alger. 1894). Broch. Illust.

Le 1er Régiment de Zouaves (Librairie Centrale des Beaux-
Arts, Paris 1895-1896). 2 vol. Illust. 100 fr. (chez l'auteur).

La Colonisation romaine en Afrique (Fontana, Alger,
1898) Broch.

La Question de Fachoda (Léon. Alger. 1901). Broch.

De la Formation de Combat de l'infanterie (Chapelot, Paris,
1903). Broch.

De l'utilité et de l'intérêt que présente pour tous les officiers
l'Etude de la Stratégie (Chapelot. Paris, 1903). Broch.

Instructions pour la Conduite d'une colonne mobile en
pays Kabyle (Constantine, D. Braham, 1907). Broch.
                         Chez l'auteur. .. .. 7 fr.

Les conséquences d'une Guerre au XX· siècle (Saint-
Cloud, Editions de Ma Revue, 1930).   Broch...... 3 fr.

Une ambassade à Méquinez en 1788 (Tanger, Imprimerie
marocaine 1911). Broch.

Pages de Guerre. — Maroc-France 1908-1918. 1 vol.
20 fr. (chez l'auteur).

La Fontaine et Saint Augustin. 1 vol. Albin Michel, Paris.

La Fontaine et Sénèque (Editions de Ma Revue, Saint-
Cloud, 1930).   Prix........ 10 fr.

En Danemark. Les Espagnols du Marquis de la Romana,
1807-1808. (71, Boulevard de Versailles. Saint-Cloud), 45 fr

André Ressmer, drame en 3 actes   (idem)   15 fr

EN PRÉPARATION

Bou-Tazzert et Dar-el-Kadi.
A l'Arrière en temps de guerre.
La Fontaine Critique littéraire.
Les Fanatismes : Nedjema (Théâtre).

Mon imprimeur, de *Montauban*, a vu son atelier bousculé à la suite des terribles inondations, et n'a pu le reconstituer complètement. Aussi, ne voulant pas lui causer d'ennuis, j'ai accepté de maintenir cet

Erratum

que les lecteurs voudront bien excuser.

Prière de lire :

Page 28, ligne 2 : résout
— 46, — 18 : supprimer J
— 47, — 5 : puisque
— » — 17 : bizarrerie
— » — 20 : supprimer : dans
— 52, — 10 : *troi*
— 53, — 19 : *Ni*
— 55, — 12 : *qui dicunt sapientem*
— 56, — 21 : qui
— 58, — 6 : *fusa, paulatim*
— 67, — 4 : *magnum si pectore*
— » — 5 : *Excusisse*
— » — 12 : *Et te*
— » — 21 : *pecus*
— 69, — 18 : Pour celui...
— » — 29 : eus
— 71, — 1 : animent
— 72, — 16 : *Ille meas errare boves (ut cernis)...*
— 73, — 26 : 694 à supprimer
— 74, — 1 : *En impero*
— 75, — 5 : *Qua tua te*
— » — 21 : *aristas*
— 76, — 4 : *Rufillus*
— » — 9 : *umbram'.*
— » — 15 : *Accipiunt sulci, et milio venit annua cura*
— 79, — 27 : *luporum*
— 80, — 15 : *Nec*
— » — note : *tegitur*
— 85, — 5 : *letumque*
— » — 14 : *Atridem, Priamumque,*
— 86, — 6 : *quod pati licuit bono,*
— 90, — 5 : *Ennius*
— 92, — 24 : *Sine me vocari pessimum,*
— » — 29 : *Aut dives*
— » — 34 : *Veneris*
— 94, — 28 : *Vesper*

LA FONTAINE

ET

SÉNÈQUE

DU MÊME AUTEUR

La Mission du Général Gordon et la **Défense de Karthoum** (1884). Broch.

L'expansion coloniale européenne **en Afrique** (1891). Broch.

Les Neutres, étude historique et juridique de Droit maritime international public (Fontana, Alger, 1891). 1 vol.

Lettres à Georgette (Berger-Levrault, Nancy).

Les Grandes Manœuvres en Algérie en 1894 (Leroux, Alger, 1894). Broch. illust.

Le 1ᵉʳ Régiment de Zouaves (Librairie Centrale des Beaux-Arts, Paris 1895-1896). 2 vol. illust. 100 fr. (chez l'auteur).

La Colonisation romaine en Afrique (Fontana, Alger, 1898). Broch.

La Question de Fachoda (Léon, Alger, 1901). Broch.

De la Formation de Combat de l'infanterie (Chapelot, Paris, 1903). Broch.

De l'utilité et de l'intérêt que présente pour tous les officiers **l'Etude de la Stratégie** (Chapelot, Paris, 1903). Broch.

Instructions pour la **Conduite d'une colonne mobile en** pays Kabyle (Constantine, D. Braham, 1907). Broch.
Chez l'auteur................ 7 fr.

Les conséquences d'une Guerre au XXᵉ siècle (Lyon, Desmars, 1904-1917). Broch.

Une ambassade à Méquinez en 1788 (Tanger, Imprimerie marocaine 1911). Broch.

Pages de Guerre. — Maroc-France 1908-1918. 1 vol. 20 fr. (chez l'auteur).

La Fontaine et Saint Augustin. 1 vol. Albin Michel, Paris.

La Fontaine et Sénèque (La Science Historique. — Paris, 1927-1928.)
Chez l'auteur.......... 12 fr.

En Danemark. **Les Espagnols du Marquis de la Romana.** 1807-1808. (71, Boulevard de Versailles, Saint-Cloud), 45 fr.

André Ressmer, drame en 3 actes   (*idem*)   15 fr.

EN PRÉPARATION

Bou-Tazzert et Dar-el-Kadi.

A l'Arrière en temps de guerre.

La Fontaine Critique littéraire.

Les Fanatismes : Nedjema (Théâtre).

Colonel **GODCHOT**

LA FONTAINE

ET

SÉNÈQUE

Editions de MA REVUE
71, Boulevard de Versailles, 71
Saint-Cloud (Seine-&-Oise)

INTRODUCTION

La Jeunesse studieuse de La Fontaine [1]

Mon Cher Président,
Mesdames,
Messieurs,

La Fontaine a tout prévu, même les discours où l'on ferait son éloge, et il nous à prévenus :

> Je hais les pièces d'éloquence
> Hors de leur place et qui n'ont point de fin. [2]

Donc, je m'évertuerai à ne pas trop prolonger votre attente des vraies attractions de notre Programme et, en même temps, à prouver que c'est bien ici la place de parler de la « Jeunesse Studieuse » de La Fontaine, quand nous célébrons sa naissance.

Rien de la vie de La Fontaine ne doit être étranger à ses amis, et particulièrement de ce que fut sa jeunesse studieuse, puisque de là lui vinrent tant de qualités qui permirent l'éclosion de son génie. Aussi ne faut-il pas s'étonner si tous ceux qui ont écrit sur notre grand poète, après d'Olivet, se sont préoccupés de suivre ses progrès scolaires et de détailler l'emploi de son temps

---

1. Discours prononcé le 10 juillet 1927, au Ranelagh, devant le monument de La Fontaine, en présence de « Les Amis de La Fontaine » (O. de Gourcuff, président), à l'occasion de l'anniversaire de sa naissance.
2. Fables, Liv. IX. 5.

depuis son enfance jusqu'au jour où, sorti de l'Oratoire, il put céder à la fantaisie de son esprit.

Walkenaër, Mesnard, Michaut, Roche, et d'autres, ont émis bien des suppositions et n'ont pas levé toutes les obscurités du problème. On se basait sur le récit où d'Olivet indiquait que La Fontaine avait « étudié sous des maîtres de campagne qui ne lui enseignèrent que du latin [1] ». Roche l'admettait jusqu'à la treizième année [2], et croyait cependant qu'il connaissait un peu de grec qu'il aurait étudié ailleurs qu'à Château-Thierry. Il se livre à des calculs d'âge insolubles alors que Michaut, faisant intervenir la fameuse traduction du *Lucien*, de Louis de Maucroix, où La Fontaine est signalé comme « bon garçon, fort sage et fort modeste », incline « à penser que le grec, quoiqu'on en ait dit, était enseigné à Château-Thierry [3] ». Mais il ajoute : « Reste que les professeurs aient été mauvais ou La Fontaine inappliqué puisque *indubitablement* il le sut mal [4]. » Je proteste contre l'adverbe ! La Fontaine sut assez le grec pour traduire Platon et goûter les grâces divines de ce philosophe.

Ces messieurs ont donc décidé qu'il avait dû quitter le collège de Château-Thierry à la rentrée scolaire de 1635-1636, s'appuyant sur ce que La Fontaine et Furetière furent condisciples. Furetière, en effet, dans une lettre du 16 février 1652, déclare bien connaître La Fontaine « depuis seize ans et plus, ayant étudié ensemble, et, les dites études finies, fréquenté familièrement [4] ».

1. D'Olivet. *Histoire de l'Académie Française*. Ed. 1743, t. II, p. 321.

2. Roche. *La Vie de Jean de La Fontaine*. Plon-Nourrit, 1913, page 2.

3. Michaut. *Revue d'Histoire Littéraire de la France*. Janvier-Juin 1916 (A. Colin) p. 70.

4. Roche. Op. cit. p, 13.

M. Roche en conclut que Furetière a fait ses études à
Paris avec La Fontaine, mais il ne sait pas dire dans
quel collège [1]. M. Michaut pense que Furetière, à partir de 1636 (remarquez que celui-ci a écrit « depuis
seize ans et plus » donc il a pu y venir avant 1636 !)
sera venu étudier à Château-Thierry, puisqu'il y avait là
un collège « dont l'enseignement à cette époque attirait
la jeunesse et rivalisait avec les établissements univer-
sitaires de Reims et de Paris [2] ». D'après lui encore, les
deux amis auraient séjourné au collège de Juilly, qui
venait de s'ouvrir sous la direction du Père de Verneuil,
et d'où « La Fontaine, en avril 1641 » serait passé tout
naturellement à la Maison-mère de l'Oratoire : cette
hypothèse rendrait peut-être, dit-il, « sa vocation plus
vraisemblable ! [3] » Vocation vraiment remarquable,
n'est-ce pas, puisque dix-huit mois après il s'envola de
l'Oratoire, excellent « Papillon du Parnasse » qu'aucune
règle ne devait empêcher de butiner toutes les fleurs !
D'ailleurs à Juilly, s'il faut en croire les Annales de la
Société Historique et Archéologique de Château-
Thierry [4], il fut loin de donner de bons exemples. Il
étudiait Marot et Rabelais et « de la fenêtre de sa cel-
lule il lançait sa barrette dans la basse-cour du couvent
après l'avoir attachée à une ficelle, et faisait ainsi la
chasse aux volatiles [4] ».

1. M. Roche, dans son livre un peu hasardé, plein d'observations assez joyeuses, parfois goguenardes, conclut textuellement :
« Donc nous pouvons admettre que vers la fin de 1635 ces deux
hommes ont fait des études ensemble : *Ou veut-on que ce soit, si
ce n'est dans la capitale ?* » p. 13.
  Ce n'est pas plus difficile que cela !

2. Michaut. Op. cit. p. 72.

3. Roche. Op. cit. p. 24 et les citations de Hallays, de Hamel et la
discussion de Michaut (op. cit. p. 72-73).

4. Annales de la Société Historique de Château-Thierry. Année
1874, p. 24-25.

Adry, l'historiographe de l'Oratoire [1], a écrit de son côté : « le 27 avril 1641, M. Jean de la Fontaine, âgé de 20 ans, a été reçu pour faire les exercices de piété de nos confrères... Son exemple y attira, au mois d'octobre, son frère puîné qui ne sortit de l'Oratoire qu'en 1650. Jean fut envoyé au Séminaire de St-Magloire le 28 octobre 1641 et il y resta environ un an après lequel il n'est plus fait mention de lui dans les registres de la Congrégation ». M. Adry ajoute : « Ce goût passager pour l'état ecclésiastique pouvait lui avoir été inspiré par G. Héricart, chanoine de Soissons. »

Walkenaër et Sainte-Beuve ont admis cette conjoncture ; mais M. Mesnard a montré que « le chanoine Héricart ne fut baptisé qu'en 1664 [2] » La Fontaine avait déjà écrit des Contes !

Le P. Adolphe Perraud, plus tard Mgr Perraud, historien de l'Oratoire, écrit : « Le confrère Jean de La Fontaine resta peu de temps au noviciat. Plus tard il avouait à son ami Boileau qu'il s'occupait plus volontiers à lire des poètes que Rodriguez » : c'est-à-dire le fameux ouvrage du jésuite espagnol « La Pratique de la Perfection Chrétienne [3]. » Aussi fut-on obligé de l'envoyer à St-Magloire (Séminaire situé alors rue de l'Enfer, à deux pas de Saint-Jacques et du Val de Grâce) « pour y étudier la théologie, à quoi il doit être *convié et pressé* [4] » dit le rédacteur des Registres de l'Oratoire... Rue de l'Enfer !... Quel présage !

C'est le moment d'introduire ici deux autres condiscisples de La Fontaine, Louis et François de Maucroix,

---

1. Adry. Annales de la Maison de l'Oratoire, t. I, p. 211.

2. Mesnard. *Les grands écrivains de la France*. La Fontaine, tome I, p. XIII et XIV.

3. Perraud. *L'Oratoire de France au XVIIe et au XIXe siècles.* 2e Edit. Paris, 1866, page 207, note 2.

4. Batterie. Cité par Roche, p. 25.

dont le père, Procureur au Baillage de Noyon, ami de Pinterel, de Jannart et de Charles de La Fontaine, tous trois habitants de Château-Thierry, s'arrêtait dans cette ville toutes les fois qu'il se rendait près de son supérieur, Robert de Joyeuse, lieutenant du roi en Champagne. De là lui vint l'idée d'envoyer ses deux enfants au Collège de Château-Thierry, dont la réputation était grande. Louis Paris, qui publia les *Œuvres diverses* de Maucroix, après avoir cité la découverte du *Lucien*, nota également que Maucroix et La Fontaine avaient reçu « les leçons des régents du Collège de Château-Thierry [1] » avant de se retrouver à Paris, l'un au collège d'Harcourt, l'autre à l'Oratoire.

A mon tour, je tenterai de donner la solution du problème qui me paraît aujourd'hui, comme il y a huit ans, quand je publiai mon ouvrage *La Fontaine et Saint-Augustin* [2], d'une extrême simplicité.

En l'année 1140, le siège de la communauté des religieux de Prémontré était transporté de Château-Thierry dans la banlieue de la ville, au Val Secret, dans un petit vallon désert, à 3 kilomètres N.-E., vers l'extrémité du territoire de Brasles, en direction de Soissons, à proximité de l'ancienne voie romaine, devenue chaussée Brunehaut, puis route départementale.

L'Abbaye avait été fondée grâce aux libéralités de Thibaut Ier le Grand, comte de Champagne, à la condition que l'église du Château relèverait de Val Secret. En 1181, une bulle du pape Lucien III avait consacré l'abbaye du Val Secret, dont les Archives Nationales possèdent un cartulaire de 1181 à 1263. La Bibliothèque Nationale possède aussi trois manuscrits venant du Val

1. Louis Paris. Op. cit. page xx. (Voir d'ailleurs pp. xviii-xix.)
2. Godchot. *La Fontaine et Saint Augustin*, p. 47 et s. (A. Michel, 1919.)

Secret, dont un du xiiie siècle, sur les œuvres de St-Jérôme et de St-Augustin. Cette abbaye se faisait donc remarquer par ses travaux ce qui lui valut la bienveillance de Jeanne de France, qui lui fit donation, confirmée en 1304, de la terre de Givry, dépendance du duché de Chaûry, les religieux du Val Secret étant toujours chapelains du château du dit Chaûry [1].

Dans l'intervalle, la reine Blanche [2] revenue dans son domaine de Champagne, et résidant au Château de Château-Thierry, y avait fondé une école dans une maison achetée par elle et située rue du Château. Elle avait chargé son chapelain, moine du Val Secret, de diriger cette école dont le premier maître fut le frère Jean Leclerc. Depuis, cette école avait été transformée en collège et la maison devenue la propriété de la ville par acte du 8 mars 1621, année même de la naissance du poète. L'abbaye du Val Secret l'avait cédée à la ville aux conditions suivantes : la nomination du Principal et des Régents appartiendrait à la ville, mais l'abbé de Val Secret conserverait le droit de collation avec le titre d'*Ecolâtre* et la surveillance du principal et des régents. La ville payait en outre une rente annuelle de 18 livres, 2 sols et un écu d'or.

Il m'a semblé intéressant de vous donner connaissance d'un extrait du procès-verbal de nomination d'un régent, comme on en trouve en 1693, 1755 et 1760. On y lit, par exemple :

« Ce jourd'huy, samedi, deuxième jour du mois de février mil sept cent soixante, fête de la Purification de la Sainte Vierge, issue des Vespres de la paroisse de

---

1. On sait que ce mot de *Chaury* était autrefois l'appellation ordinaire de Château-Thierry.

2. Annales de la Société Archéologique et Historique de Château-Thierry. Année 1894.

Saint-Crépin de cette ville de Chaury, nous, Christophe Brunel et Louis Guillard, maître échevin et procureur du roi, syndic de la dite ville, avons fait battre la cloche en la manière accoutumée pour convoquer une assemblée générale dudit Chaury en l'Hôtel-de-Ville du dit lieu à l'effet de procéder à la nomination et présentation d'un régent pour le collège de cette ville au lieu de M. Frazier qui a volontairement fait sa démission de la place de régent au dit collège à cause de sa nomination à la cure de Courtemont-Varenne [1]. »

Donc, en fait, le Principal et les régents étaient tous des prêtres ou des moines de l'abbaye du Val Secret.

A la naissance de La Fontaine, le fils de Jean Balhan, marchand graînetier à Chaury, dont je vous parlerai un jour à cause de la fameuse horloge de Balhan, de la rue du Pont, était alors principal, et il eut comme successeur Malézard qui présida aux classes de La Fontaine, des Maucroix et de Furetière.

Le collège de Château-Thierry était, alors, un des rares établissements qui s'étaient bien maintenus pendant la décadence scolaire de la fin du xvi⁰ siècle. Après les guerres de religion et les troubles de la Ligue, l'Université de Paris avait décliné; les enseignements secondaire et supérieur avaient été désertés; les collèges s'étaient vidés et Henry IV, avait dû, en 1598-1600, réformer l'Université et la restaurer [2]. Il avait marqué l'importance qu'il attachait à l'éducation et à la discipline, condamné les « fouetteurs » (comme les condamna La Fontaine) mais maintenu le latin comme langue vivante dans les rapports des maîtres et des élè

1. Annales de la Société Historique de Château-Thierry. Année 1882.

2. Histoire de l'Enseignement secondaire en France au xvii⁰ siècle, H. Lanthoine, 1874. Thèse.

ves « la connaissance de l'antiquité étant considérée comme le fondement de toute science [1]. » Le grec lui-même était, pour la première fois, officiellement reconnu [2]. L'on sait ce que produisit cette influence. Corneille, Racine, Molière, La Fontaine et tant d'autres témoignent de l'excellence de ces disciplines, pour lesquelles le français n'était point négligé. Et vous pouvez constater de nos jours l'affreuse décadence de la langue française, depuis que ces mêmes disciplines sont tombées dans le mépris de tant de nos auteurs si réputés aujourd'hui et qui, demain, seront sans valeur, quand la publicité immonde les aura laissé sombrer.

Donc, La Fontaine ayant passé toute sa jeunesse et reçu l'instruction au collège de Château-Thierry dirigé par les prêtres du Val Secret, on comprend qu'il subit, ainsi que son frère, leur influence et se laissa diriger par eux vers l'Oratoire.

Toutefois il faut reconnaître que La Fontaine semble avoir été bien ingrat envers ses maîtres qui, tout en le retenant sur les bancs du collège, en l'empêchant d'aller faire l'école buissonnière dans les bois et dans les guérets, le long des rives de la Marne, ou sur les hauteurs d'Etampes, lui ont appris le latin et le grec, et lui ont donné une formation capable de comprendre l'antiquité et les vieux auteurs, et telle qu'il n'a plus eu qu'à se laisser porter par son génie.

Rappellerai-je son Epigramme contre un *Pédant de collège* [3] :

---

1. Lanthoine. Op. cit.

2. « La décadence de l'Abbaye de Val Secret commença à la fin du xvii° siècle, se continua au xviii° et les moines furent dispersés lors de la Révolution. Les constructions, tombant en ruines, disparurent complètement vers le milieu du xix° siècle. » Note de M. Riboulot, Président de la Société Archéologique et Historique de Château-Thierry.

3. *Les Grands Écrivains de la France. J. de la Fontaine.* tome IX, p. 99.

> Il est trois points dans l'homme de collège,
> Présomption, injures, mauvais sens...
> De se louer il a le privilège.
> Il ne connait arguments plus puissants...
> Si l'on se fâche, il vomit des injures...

Vous avez tous à l'esprit

> Dans ce récit je prétends faire voir
> D'un certain sot la remontrance vaine... 1

et ce n'est certainement pas lui qu'il a voulu peindre dans ces vers :

> Certain enfant qui sentait son collège,
> Doublement sot et doublement fripon
> Par le jeune âge et par le privilège
> Qu'ont les Pédants de gâter la raison... 2

Quoi qu'il en soit, s'il a subi l'influence des prêtres du Val Secret qui l'avaient jugé très intelligent et l'avaient dirigé vers l'Oratoire, certainement, avec moi, on se réjouira qu'il ait plutôt lu « *L'Astrée* » que la « *La Pratique de la Perfection Chrétienne* », puisque nous avons la joie de fêter la naissance de cet admirable poète, auquel ses chers animaux et nous-mêmes portons un affectueux témoignage.

1. Fables. Liv. I, 19.
2. Fables. Liv. IX, 5.

LA FONTAINE

et les Traducteurs de saint Augustin
et de Senèque

CHAPITRE I

« LES EPISTRES DE SÉNÈQUE » DE 1681

Influence de Pintrel sur La Fontaine qui publie son
ouvrage. — L'édition de Barbin. — La ruse de Barbin. — Ni réédition ni réimpression. -- Un nouveau
titre. — Quel est ce Pintrel ? — Erreurs, spécialement celles de la *Chronique des Lettres françaises.*
La famille Pinterel ou Pintrel. — Annexe (à la fin
du volume).

Walkenaër, dans son *Histoire de la Vie et des
Ouvrages de J.de La Fontaine*[1] après avoir parlé de ses premiers essais poétiques et signalé la
mauvaise influence de Voiture sur lui, dit :
« Heureusement un de ses parents, nommé Pintrel, auquel il communiqua les premiers essais de sa Muse, lui fit comprendre que pour
mûrir et développer son talent, il ne devait pas
se borner à nos poètes français, mais qu'il fallait
aussi lire et relire sans cesse Horace, Homère,
Virgile, Térence et Quintilien. Il se rendit à ce
sage conseil ; et un de ses amis, M. de Maucroix... contribua aussi à l'affermir dans son nouveau plan d'étude et à lui inspirer cette admira-

---

1. Paris. Lib. Firmin Didot. Edition de 1858, t. I et II. Tome
I p. 202, la 1re Edition est de 1823.

tion pour l'antiquité qui dégénéra même chez lui en une sorte de préjugé superstitieux...

« La Fontaine ainsi que nous le verrons, a témoigné d'une manière touchante sa reconnaissance envers Pintrel et Maucroix, en publiant après la mort du premier sa traduction des Epistres de Sénèque... »

Puis, dans son tome II, arrivé à l'année 1681, Walkenaër ajoute : « Ce furent les souvenirs de l'amitié qui, à l'époque dont nous nous occupons, l'engagèrent à se charger d'une fonction *pénible,* bien peu conforme à ses goûts, celle d'*Editeur.* Pintrel, dont nous avons déjà fait mention... avait laissé après sa mort une traduction manuscrite des *Epistres de Sénèque.* La Fontaine consentit à la revoir et à la publier.

« Cettre traduction parut d'abord anonyme, mais elle se vendait peu : *le libraire réimprima un nouveau titre en y mettant le nom du traducteur et de son éditeur, comme si c'eut été une nouvelle édition et un nouveau livre.* Cette ruse lui réussit, et les *Epistres de Sénèque,* traduites par feu Pintrel et publiées par M. de La Fontaine, en deux volumes *in-8°,* furent annoncées et eurent un prompt débit. Il est vrai que La Fontaine s'était donné la peine de traduire en vers français tous les vers latins qui se trouvent dans l'auteur ancien. Plusieurs passages de Virgile, d'Erupide et d'autres poètes y sont très heureusement rendus. Ces exercices du talent flexible de notre fabuliste avaient échappé à la connaissance de tous les littérateurs jusqu'à l'époque où nous les avons tirés du livre où ils étaient ensevelis pour les placer dans *ses Œuvres complètes* à la suite de cette touchante épitaphe du *tombeau d'Homonée* qu'il a traduite du latin en vers et en prose * ».

Après avoir rendu à M. Walkenaër cet hommage de le citer complètement pour avoir tiré de l'oubli cette traduction de Pintrel et de La Fontaine, il convient d'abord de parler des Editions de cette traduction. Celle-ci avait d'abord paru sous le titre :

LES

EPISTRES

DE

SENEQUE

NOUVELLE TRADUCTION

TOME PREMIER

A PARIS

CHEZ CLAUDE BARBIN SUR LE SECOND

PERRON DE LA SAINTE CHAPELLE DU PALAIS

M D C L X X X I

Avec Privilège du ROY.

Voici l'extrait du Privilège du Roy qui parut en tête du 1er Volume (il y eut 2 volumes in-12, et non in-8) de cette Edition de 1681. L'on verra bientôt l'importance de cette reproduction.

« Par grâce et Privilège du Roy, donné à Paris le 17 Juillet 1681, signé d'Alence : Il est permis

---

* Walkenaër, op. cit, t. ii, p. 16 et 17,

à Claude Barbin, marchand libraire à Paris, de faire imprimer un livre intitulé *LES EPISTRES DE SÈNÈQUE,* pendant l'espace de six années entières, à compter du jour que le dit livre sera achevé d'imprimer. Et deffenses sont faites à tous libraires, imprimeurs et autres personnes de quelque qualité et conditions qu'elles soient, de faire imprimer, vendre ou débiter le dit livre sans le consentement de l'exposant à peine de mil livres d'amende et autres peines portées plus au long par le dit Privilège.

« Enregistré sur le livre de la communauté des Marchands libraires et imprimeurs de cette Ville de Paris le 24 Juillet 1681.

« Signé : Angot, syndic.

« Achevé d'imprimer pour la première fois le premier Août 1681.

« Les exemplaires ont été fournis ».

Comme on l'a vu, Walkenaër dit que cette édition anonyme se vendait peu et que « le libraire réimprima un nouveau titre en y mettant le nom du traducteur et de son Editeur ».

Rochambeau signale *les éditions* de Barbin de 1681 et ajoute :

« Cette traduction parut d'abord sous le voile de l'Anonyme, elle n'eut aucun succès, Barbin fit alors violence à la « modestie de La Fontaine, il refit les titres, cartonna la première Edition et annonça au public les noms des deux auteurs ».

La Bibliothèque de Lyon* (sous le Cote 306-804) possède deux volumes in-12 de :

LES
EPISTRES
DE
SENEQUE
NOUVELLE TRADUCTION
A PARIS
CHEZ LOUIS BILAINE
AU SECOND PILIER DE LA GRANDE SALLE DU PALAIS
AU GRAND CÉSAR.
MDCLXXXI

Notre Bibliothèque Nationale ne possède pas ces volumes portant l'indication de Louis BILAINE. Par contre, ils se trouvent au British Museum et M. Sharp (Keeper of Printed Books) a bien voulu copier pour moi l'Extrait du Privilège qui est « *textuellement* » celui que j'ai donné ci-dessus. De telle sorte que ces volumes de Bilaine ne constituent pas une 2ᵉ *Edition,* mais nous indiquent un procédé employé par les Editeurs du xvııᵉ siècle qui consistait à éditer un ouvrage et à mettre sur la Page de titre les noms des confrères qui voulaient bien vendre l'ouvrage : le privilège indiquant, dans le cas présent, que Claude Barbin seul avait le *droit d'édition.*

---

* Lettre de M. H. Joly Conservateur en Chef des Bibliothèques de la Ville de Lyon du 27 Juillet 1927. J'en profite pour remercier cordialement M. Joly qui a bien voulu faire quelques recherches pour moi.

Quant à une réédition par Claude Barbin, *en* 1681, des *Epistres de Sénèque* avec la mention de *Pintrel* et de *La Fontaine* on n'en trouve trace nulle part.

Il s'est bien passé ce que dit Walkenaër : « le libraire réimprima un nouveau titre en y mettant le nom du traducteur (Pintrel) et de son Editeur (La Fontaine) comme si c'eut été une nouvelle édition et un nouveau livre. Cette ruse lui réussit »... Il fit enlever les feuilles du Titre *anonyme* sur les exemplaires, fit coller les nouvelles feuilles de titre, et, pour dissimuler la supercherie, cartonna les volumes.

De cette opération, malgré toutes mes recherches, je ne connais qu'un seul exemplaire, signalé par Rochambeau * comme suit :

LES
EPISTRES
DE
SENEQUE
NOUVELLE TRADUCTION
par feu M. PINTREL
Reveuë et imprimée
par les soins de M. de la Fontaine
Tome I (II) à Paris
chez Charles OSMONT
dans la Grande Salle du Palais du côté
de la
Cour des Aydes à l'Ecu de France
MCLXXXV
avec Privilège du Roy
2 vol. in-12 (B. S. G. R. 564 et 565 Res)

* Bibliographie de La Fontaine. Œuvres diverses page 1684, N° 15.

et il ajoute : « *Réimpression* de l'Edition Barbin de 1681, les titres seuls sont changés. Un exemplaire de la Bibliothèque de la Rochebillère (Vente 1882) portait la date de 1684. Un extrait du Privilège se trouve à la fin du Tome ii. »

Or, ainsi que j'ai pu le faire constater par M. le Conservateur de la Bibliothèque Sainte-Geneviève, ces deux volumes ne *sont pas une Réim↑pression* de l'Edition Barbin de 1681, ils font partie de cette édition où l'on a enlevé la page du Titre originale *pour y coller une nouvelle feuille de titre,* où Claude Barbin, suivant le procédé que j'ai montré plus haut à propos de Bilaine, à mis le nom de son confrère Osmont.

Le Privilège du Roy, tel que nous l'avons vu sur les volumes de 1681, est le même ici et sur le Tome i et sur le Tome ii (à Sainte-Geneviève sous la Cote R, 8º 564 Ress) *. Malheureusement on ne trouve nulle part un exemplaire où la page du Titre changé porte le nom de Claude Barbin.

Il importe, avant d'aller plus loin, de liquider quelques questions concernant cette Traduction par Feu Pintrel.

Walkenaër dit que La Fontaine se chargea d'« une fonction *pénible, bien peu conforme à ses goûts ;* celle d'Editeur. » Or La Fontaine avait eu déjà de nombreux rapports avec Claude Barbin ;

---

* Cette rectification à l'indication Rochambeau m'est spécialement indiquée par M. le Conservateur de Sainte-Geneviève que je remercie de tout cœur de son amabilité.

et, comme il était le meilleur des Hommes, le meilleur des amis, sa reconnaissance pour son affectueux parent Pintrel devait le porter au contraire à faire publier cette œuvre posthume à laquelle il avait d'ailleurs collaboré, et qu'il avait revue. D'ailleurs il devait encore se mettre en avant pour faire plaisir à son ami Maucroix et à lui-même * et faire fonction d'Editeur. **

Dans le Tome VIII du *La Fontaine des Grands Ecrivains de la France* (page 477) M. Mesnard dit que la publication n'ayant pas réussi « le titre du premier volume fut, *dès la même année,*(1681) ainsi modifié » (et il donne les indications : Pintrel et La Fontaine). Je ne sais où M. Mesnard a vu que l'opération avait été faite *la même année.*

« Les quelques vers dont La Fontaine a enrichi le Sénèque de Pintrel » dit encore M. Mesnard *** « mériteront toujours d'être lus. Ils montrent, et l'on s'en serait douté, qu'il n'aurait pas traduit Virgile à la façon de Delille, soit dit sans mépris pour l'élégant versificateur, mais qu'il y aurait apporté le sentiment si vrai de l'antique dont s'est plus tard inspiré André Chénier. On doit aussi remarquer deux petits fragments d'Horace où l'aimable aisance du satirique latin est reproduite à merveille. Il avait voulu s'associer ainsi

---

* Ouvrages de Prose et de Poésie des Sieurs de Maucroix et de La Fontaine, 2 vol. in-12.

** Voir de plus mon ouvrage *La Fontaine et Saint-Augustin* (traduction de la *Cité de Dieu* par Giry).

*** Les Grands Ecrivains. J. de L. F. Tome I. Préface, p. CXXII.

au travail de son vieil ami Pintrel, après la mort
duquel il remplit le pieux devoir de publier son
manuscrit ».

Enfin M. Mesnard (tome VIII, p. 477) dit encore avant de publier les vers de La Fontaine cités
dans les Epîtres de Sénèque :

« Après la mort d'*Antoine* PINTREL, son parent
La Fontaine consentit à revoir et à publier une
traduction des *Epîtres de Sénèque* laissée manuscrite par celui-ci. Il traduisit notamment en
vers français tous les passages des poètes anciens cités par le philosophe...

« C'est Walkenaër qui, le premier, la signala
à l'attention du public, et, dans son édition de
1823 des *Œuvres de La Fontaine* inséra les ving-
trois fragments de quelque étendue dus à la
plume de notre poète. Nous y joignons les soixante autres.

« Malherbe a traduit également en vers un
grand nombre de ces fragments dans sa transla-
tion intitulée *Les Epîtres de Sénèque* traduites
par M^rc François de Malherbe, Paris 1637, in-4. »

Il convient de signaler une autre édition qui
montre combien, au XVIIe siècle, l'on s'intéressait
à Sénèque ; elle m'est indiquée ainsi par M. le
Conservateur en Chef de la Bibliothèque de Lyon.

« LES
EPISTRES
DE
SENEQUE
à LYON
chez Christophe FOURMY
MDCLXIII
(4 vol. in-12) ;

le 3ᵉ volume contenant la 3ᵉ partie porte comme indications bibliographique :

Imprimées à Lyon et se vendent à Paris
au Palais
par la Compagnie des
Libraires associéz au Privilège
MDCLXIX [*]

La Bibliothèque Nationale [**] possède 3 volumes in-12 de la publication directe de Christophe Fourmy, traduction de Pierre DU RIER, de l'Académie française, Conseiller et Historiographe du Roy. Le 1ᵉʳ volume, avec un panier d'abondance, donne l'adresse de Fourny « en Ruë Mercière à l'Enseigne

de l'*Occasion*
MDCLXIII
avec permission

et renferme les Epîtres de 1 à 49. Le Tome, ii, seconde partie, avec *une femme aux cheveux courts,* donne les épîtres de 50 à 81. Le Tome iii avec la même femme, donne la fin.

Enfin la Traduction DU RIER a aussi été publiée par Antoine de Sommaville, au Palais, à Paris, dans la salle des Merciers. Il n'en existe qu'un volume de 1664.

Cette traduction de DU RIER est très intéressante. L'auteur a traduit lui-même en assez bons vers les vers cités par *Sénèque,* ou, quelquefois, il s'est contenté de reproduire les vers de *Malherbe.*

M. Michaut *, en notant le succès considérable de la transformation du Titre de l'Edition des Epîtres : « Preuve intéressante de l'admiration générale pour notre poète », commet la même erreur que M. Mesnard en attribuant la traduction des Epîtres à « son parent, *Antoine* PINTREL ».

Quand à M. Mæterlinck, dans son *Introduction aux Epistres de Sénèque* ** il est tout d'abord hésitant :

« Il ressort, dit-il, d'une note que veut bien me communiquer M. Joseph Place, que les Pintrel étaient originaires de Brasles, près de Château-Thierry. Notre Pintrel *Antoine* ou peut-être *Pierre*,.. était parent et ami de Jean de la Fontaine et c'est *très probablement* à lui... que le fabuliste vendit en 1676, moyennant la somme de onze mille livres, sa belle maison de Château-Thierry » (Page 747). Puis (Page 749), prenant résolument parti, M. Mæterlinck attribue nettement la traduction à *Antoine* Pintrel. De son côté, la *Chronique des Lettres françaises* (page 754), présentant l'ouvrage, indique que le Pintrel des *Epîstres* mourut en 1680 et que la *Nouvelle Traduction*, reveuë et imprimée par les soins de M. de la Fontaine parut *en 1684*. Et, naturellement, vantant la marchandise qu'elle lançait, la *Chronique des Lettres Françaises* ósait imprimer : « *Depuis leur publication originaire,*

* La Fontaine, t. ii, p. 189, Hachette, 1914.
** Chronique des Lettres Françaises, n° 6.

les Epistres de Sénèque n'avaient fait l'objet d'aucune réimpression... Aussi la Bibliothèque du Bibliophile jugea-t-elle qu'elle ne saurait mieux commémorer le troisième centenaire de la naissance de La Fontaine qu'en rééditant et en mettant à la portée de tous (Prix 66 francs) cette œuvre de premier plan que sa *rareté même avait soustraite* à la *connaissance des lettrés* et des fervents de la langue incomparable du xviie siècle. Elle demanda de plus à Maurice Mæterlinck d'écrire pour cette nouvelle édition — en *réalité la seconde* — une introduction... * »

L'on verra, tout à l'heure, les erreurs commises par la *Chronique des Lettres Françaises.*

M. E. Henriot, dans son *Courrier Littéraire* du *Temps*, du 4 mars 1924, intitulé DES VERS PEU CONNUS DE LA FONTAINE, rappelait une enquête menée, en 1913, par son regretté collaborateur Raoul Aubry. Celui-ci avait demandé à quelques

---

* Je n'hésite pas à faire cette réclame à la *Chronique des Lettres Françaises*, bien que son Directeur, M. Joseph Place, n'ait pas daigné répondre à une lettre où je lui présentais des objections et indiquais des erreurs. On n'aime pas les mises au point ; je m'en suis aperçu avec d'autres. Cette édition (Lardanchet, à Lyon) donne lieu aux quelques observations suivantes :

1º Elle a été tirée à 1500 exemplaires numérotés
                    et à   50 exemplaires (Hors Commerce de
                         ɪ à ʟ ;

2· Elle comprend 2 vol. et une plaquette (l'Introd. de M. Mæterlinck) ;

3· La plaquette et les Tomes ɪ sont numérotés, pas les tomes ɪɪ.

4· La Bibliothèque Nationale possède les Tomes ɪ et ɪɪ non numérotés (?), mais non la plaquette Mæterlinck ainsi que je l'ai fait constater.

écrivains quels étaient les trois ouvrages qu'ils emporteraient avec eux, à la campagne comme compagnons de voyage. « *Parmi les réponses, il y eut celle de M. Maurice Mœterlinck doublement intéressante* » parce qu'elle signalait *l'existence d'une traduction des Lettres de Sénèque à Lucilius où peu jusqu'à lui avaient pu soupçonner la collaboration de La Fontaine... Il est en effet probable que, sans l'auteur de la Sagesse et de la Destinée, peu de lecteurs non prévenus se fussent avisés que non seulement La Fontaine avait mis la main* à cette édition, mais encore en avait parsemé la *robuste prose* * de quelques-uns de ses meilleurs vers... Disons toutefois que, pour peu connus qu'ils sont, *ces vers n'étaient pas tout à fait ignorés des érudits...* Walkenaër, qui en a cité quelques-uns, en parle dans son *Histoire de la Vie et des ouvrages de La Fontaine* (1823) et M. Henri Régnier les a reproduits dans son Edition des *Grands Ecrivains.* Mais il *était difficile de les lire dans le texte traduit de Sénèque* ** » et l'on doit *remercier M. Joseph Place et M. Mœterlinck* d'avoir donné « *une luxueuse édition* » de cet ouvrage rarissime, déjà signalé comme tel par l'érudit Rochebilière » (un de plus !)

* Le qualificatif *robuste* appliqué à la prose de Pintrel me semble indiqué en ce sens qu'elle résistera aux assauts des siècles et des amateurs.

** Mais alors je ne comprends plus ce qu'a voulu dire M Henriot puisque, justement, *La Chronique des Lettres Françaises,* dont le *Courrier Littéraire* en question était l'écho, publiait « le texte traduit de Sénèque » et elle s'en vante, comme on le verra, dans *le français du temps.*

M. Emile Henriot pose à son tour la question Pintrel et la résolut avec MM. Place et Mæterlinck : c'était celui qui avait guidé la jeunesse poétique de La Fontaine, avait acheté sa maison natale en 1676, et était mort en 1680.

Or pour liquider de suite l'exhorbitante prétention de la *Chronique des Lettres Françaises* et de son Directeur, et leurs erreurs, voici la copie de la lettre que j'eus l'honneur d'écrire à M. Emile Henriot et qu'il voulut bien résumer très succinctement dans le *Temps* du 8 Avril.

« Il me semble que vous donnez à M. Maurice Mæterlinck un rôle qu'il ne mérite pas. Il a à son acquit d'autres atouts » et je lui signalais les passages de son *Courrier* que j'ai soulignés ci-dessus. J'ajoutais :

Or, « je le répète, M. Mæterlinck n'avait évidemment *rien découvert* car il suffit de se reporter aux pages 477 et 478 du Tome VIII du *J. de La Fontaine des grands Ecrivains* pour constater ce qu'il est dit de ces Epîtres de Sénèque particulièrement de la traduction de Pintrel-La Fontaine, et en outre des Editeurs de la *Collection des auteurs latins* publiée sous la direction de Désiré Nisard (Paris Dubochet et Cie, 1838) : « Pour la traduction des Epistres... le XVIIe siècle nous offrait de ce chef-d'œuvre de Sénèque une traduction qui est elle-même un chef d'œuvre du langage, etc. etc... *à laquelle La Fontaine a

---

1. Nous donnerons plus loin la citation entière concernant cette traduction. Voir encore l'édition des *Œuvres complètes de Sénèque* sous la direction de M. Nisard. *Nouvelle Edition*, Librairie de Firmin Didot. 1885, page 8 (*réédition de l'Edition de Barbin* en français du XIXe siècle).

coopéré probablement en bon parent et en y mettant de l'amour-propre de famille ». Je pense que M. Mæterlinck ne m'en voudra pas d'avoir essayé de montrer qu'il n'avait pas découvert Baruch : comme semble l'indiquer son éditeur.

« Maintenant, si vous le permettez, je vais vous donner des renseignements aussi précis que possible sur le traducteur Pintrel ou plus exactement *Pinterel*.

« Vous écrivez dans votre article : « Quel était au juste ce Pintrel qui, pour la consolation de ses vieux jours, s'avisa ainsi de mettre en français les célèbres épîtres de Sénèque ?... On n'en sait que fort peu de chose. Champenois, originaire de Brasles, près de Château-Thierry, procureur du Roi au Présidial de cette ville, ami et parent de l'auteur de *Psyché*, dont *il acquit la maison natale* en 1676. »

« Dans sa présentation de la traduction de Sénèque, Nisard dit : « Il s'appelait Pintrel, il était de Reims » et plus loin : « mais cet habitant de Reims *vivait dans un siècle dont Courier a dit que la moindre femme y écrivait en meilleur français que les maîtres* du xviii\u1d49 siècle. »

« Les Pintrel, ou Pinterel, étaient originaires de Brasles et ont été seigneurs d'Etampes, de Villeneuve, de Montoury, du Biez, de Louverny et autres lieux.

« On trouve un Ogier Pinterel, licencié en lois, avec son greffier Pierre Vitart, opérant, le 16

Août 1532, à Chaûry (Château-Thierry) ; et, le 23 Août 1532, on retrouve les mêmes gens de lois avec une série d'autres bons bourgeois, entr'autres Pierre le Dieu fermier des « deffaulx », exploits et amendes de la Prévôté de Chaûry, et Jehan Balhan, dit Petit, commis à la recette du receveur des Aydes.

« Plus tard on apprend que Catherine Racine, sœur du grand'père de Racine, s'est mariée, en 1610, avec honorable homme Oger (ou Ogier prénom familial des aînés) Pinterel, greffier au Baillage de La Ferté Milon. Ce Pinterel figure dans un acte de vente d'un pré, le 13 Avril 1627, avec Guillaume Hericart, le grand'père de la future Mademoiselle de La Fontaine. Mais, *alors,* il vient habiter Château-Thierry où il a pris une charge de grênetier ancien et de Lieutenant pour pour le Roy au Grenier à sel. Ils ont eu pour enfants :

Oger, qui devient Président des Elus en l'Election de Chaûry ;

Pierre, dit Pinterel de l'Etang, né le 16 Mars 1613 [*], époux de Louise de La Fontaine. C'est lui qui a dirigé La Fontaine dans ses essais [**] et c'est à lui que l'on doit la traduction des *Epîtres de Sénèque.* Président du Présidial de Château-Thierry, *il meurt,* en 1677 [***] doyen des Conseil-

* A la Ferté Milon.

** Il avait huit ans de plus que La Fontaine (né en 1621) et alors cela se comprend.

*** Probablement à Paris.

lers de la Grande Chambre au Parlement de Paris.

Jean, né le 26 Septembre 1615, écuyer, seigneur de Montoury et autres lieux, Exempt des Gardes du corps du roi. C'est lui qui acheta la maison de Balhan ou du *Mouton d'Or* à Château-Thierry.

Antoine, né le 27 Février 1618, mort le *6 Décembre 1699* * Ecuyer, Seigneur d'Etampes et de Chierry, gentilhomme de la Grande Vènerie du Roi. C'est lui qui a acquis, le 2 Janvier 1676, la maison natale de La Fontaine ; et, par un acte du même jour, La Fontaine a fait cession à Pinterel de son BANC à l'église de Château-Thierry ** . L'achat de la maison a été fait par lui et damoiselle Marie Cousin, son espouze, par acte passé devant Maistres Delaulne et Jorel, notaires à Château-Thierry. Enfin, en 1664, je vois un Ogier Pinterel, Conseiller du Roi et Président au Baillage et Siège Présidial de Château-Thierry, Seigneur de Gerberoy et d'Estampes : cette dernière petite commune située sur une colline très élevée en face de Château-Thierry. Cet Ogier devait être le fils de Pierre.

« Quant à l'orthographe *Pinterel* qu'il faudrait à mon avis adopter, je la légitime simplement en signalant une ordonnance de Jean-Maurice *Pinterel* de Louverny, Lieutenant du Baillage et Premier Président au siège Présidial de Château-

* Donc il ne pouvait avoir écrit les Epistres de Sénèque publiées après sa mort (1699) par La Fontaine, mort en 1695.

** Voir ci-dessous.

Thierry signée *Pinterel ;* et l'établissement de trois livres de rente à prendre, en faveur de l'église de Saint-Crépin de Chaûry, sur les Bois de Barbillon, autrement les bois Vitart, appartenant à Monsieur *Pinterel,* Président en l'Election. » (Oger, voir ci-dessus).

« Il résulte de cet exposé que Pierre Pintrel est le traducteur des *Epîtres de Sénèque,* qu'il n'était pas rémois, qu'il n'a pas acheté la maison de La Fontaine, qu'il est mort en 1677 ; ce qui a donné a La Fontaine le temps de revoir la traduction et de la faire éditer par Barbin en 1681 ».

En ce qui concerne la famille Pinterel, je mets en Notes à la fin de ce volume le résumé de ce que j'en ai pu découvrir. Mais il m'a paru intéressant d'insérer ici le contrat intervenu entre La Fontaine et Anthoine Pintrel pour la cession de son banc à l'église de Château-Thierry. On verra que La Fontaine avait pour sa femme de réelles attentions malgré leur dissentiment initial : « Je soussigné cède et transporte à Monsieur Pintrel, gentilhomme de la Vènerie * demeurant à Chasteau-Thierry, le droit et propriété telle qu'il me scait appartenir au *banc, place,* et *cabinet,* que j'ay dans l'église de Chasteau-Thierry *sous le jubé* pour en jouir par luy, toutefois seulement après le décès de damoiselle Marie Hericart, ma femme, et ce pour *des raisons et*

* Par conséquent « Anthoine »,

considérations qui sont particulières entre nous.
Fait à Chasteau-Thierry ce deuxième janvier mil
six cent soixante et seize. *

DE LA FONTAINE § § **
§

Anthoine Pinterel ne devait pas jouir de ce
contrat puisqu'il est mort le 6 Décembre 1699,
et que le « décèds de damoiselle Marie Hericart »
n'eut lieu que le 9 Novembre 1709 : décèds pour
lequel ont signé sur les registres mortuaires de
Château-Thierry *** *Pinterel* de Niert, — *Pinterel,* — Douceur (le Curé) : nouvelle preuve de
mon avis sur l'orthographe Pinterel.

* Conservé au Greffe du Tribunal de Château-Thierry.
** Signature ordinaire de La Fontaine, très symbolique com-
me on l'a expliqué ailleurs.
*** Les Grands Ecrivains. J. de La Fontaine, T. ı, p. 210

CHAPITRE II

SÉNÈQUE ET LES LETTRES A LUCILIUS

Résumé de la vie de Sénèque. — Lucilius. — **Caractère
des Lettres.** — Sénèque écrivain et philosophe. —
La poésie et la morale. — Avis de La Fontaine sur
les traductions en vers. — Poètes cités. — **Importance** des *Lettres à Lucilius*. — Annexe B (à la fin
du volume).

L'on n'a point l'intention d'exposer ici en détails la carrière de Sénèque après que son père
l'eut amené de Cordoue à Rome. De famille
riche et intellectuelle, il se laisse attirer par la
poésie, compose des tragédies, devient orateur
fameux et s'attire la haine de Caligula. A l'ins-
tigation de Messaline, en 41 ou 42, il est banni
par Claude en Corse, où il débute dans la philosophie par les *Consolations à Helvia,* sa mère,
à la suite de la mort de son père. Mais loin
d'être stoïque, il écrit ensuite les *Consolations
à Polybe* où il se montre triste courtisan.

Puis en 49, par un revirement incroyable, grâce
à Agrippine, il obtient la préture ; en 54, à la
mort de Claude, il aide Agrippine à faire pro-
clamer Néron. Ce que fut alors sa vie politique,
une phrase peut la résumer : *faiblesse de caractère et inconscience.* Si bien qu'en 62 il devint
incapable de lutter contre Néron et contre ses
ennemis, et il se retira dans sa propriété prés de
Naples.

Alors de 62 à 68 * date de sa mort, il se livre absolument à la philosophie et termine la série de ses nombreux écrits ** par ces *Lettres à Lucilius* que Pinterel à traduites sous le titre : *Les Epistres de Sénèque.*

Lucilius Junior, né à Pompéï, d'origine très modeste, était devenu Chevalier et de la classe des fonctionnaires, grâce à une grande activité et à de réels talents. En 62, il était procureur de la Sicile et s'était toujours montré ami fidèle surtout au moment des dernières épreuves de Sénèque, qui appréciait l'amabilité de son caractère, les facilités de son esprit et ses poésies.

C'est à lui que furent écrites ou dédiées ces *Lettres (Epistres)* dont le véritable caractère a donné lieu à de nombreuses discussions. Etaient-elles de vraies lettres adressées authentiquement à Lucilius ? ou un traité philosophique ?

Il semble bien que ces Lettres aient été écrites autant pour Lucilius que pour le public, et que Sénèque ait utilisé des lettres authentiques qu'il datait souvent en y mêlant des événements journaliers publics ou personnels, leur donnant ensuite les développements que sa fantaisie, comme

* Certains auteurs fixent à 65 l'année de sa mort.

** Liste des ouvrages de Sénèque.

De la Colère — Consolations à Helvia. — Consolations à Polybe — De la Providence. — Des Bienfaits. — De la Constance du Sage. — De la Brièveté de la vie. — Du repos et de la Retraite du Sage. — De la Tranquillité de l'Ame — De la Clémence. — De la Vie Heureuse — Facétie sur la mort de Claude Cesar — Petites Piéces de Vers. — Questions naturelles. — Fragments. — Fragments tirés de Lactance. — Fragments tirés de Saint-Jérôme. — Lettres à Lucilius.

on le verra, lui inspirait. D'ailleurs, déjà avant lui, bien des auteurs avaient utilisé ce procédé des *Lettres,* et, particulièrement Epicure auquel Sénèque, dans les débuts, fait de fréquents emprunts. Souvent il l'approuve tout en étant stoïcien.

Il faudrait résumer les *résumés* mis en tête de chaque lettre pour montrer sur combien de sujets divers s'est portée l'attention de Sénèque. On s'en rendra compte assez complètement, et par quelques citations que nous ferons en Annexe, et par la mise au point des traductions des Vers des auteurs latins cités que La Fontaine a rendus en vers français.

L'on peut dire que Sénèque, plus à son aise dans ces Lettres où sa plume pouvait s'abandonner à son génie, a donné à ses compositions un charme inexprimable, tout en y conservant les défauts qui s'étaient déjà révélés dans ses *Consolations* et ses Traités philosophiques antérieurs. Son éclctisme est formel comme est radicale l'indépendance de ses jugements ; et l'on ne peut que constater les singularités souvent heureuses de sa langue et de son style, et ces formes *concises,* brillantes, sententieuses et frappées qui furent à la mode et amplifiées et gâtées parfois par Tacite.

Il ne faut point chercher dans chaque lettre l'unité de composition, les transitions, le souci de la conclusion : il écrit à Lucilius et une phrase, un mot subitement l'entraînent en des digressions dont il ne cherche pas à s'excuser ; et souvent alors il laisse à deviner, si même il ne devient pas obscur. Et cela surtout dans les longues lettres, où il fait œuvre de rhéteur, se livre à des discussions abstraites, et montre trop souvent une grande faiblesse de raisonnement, des petites subtilités, ou de la lourdeur. A côté de cela que de pages exquises ! Quelles images ! Quelle verve ! Quelles satires des mœurs ! Quels aperçus de la vie romaine à son époque ! Que de traits et de peintures s'appliqueraient textuellement à notre siècle non seulement au point de vue des mœurs mais encore de l'écriture !

Dans sa jeunesse, on l'a dit, il s'était adonné à la poésie et avait pratiqué tous les poètes latins et grecs, mais en dédaignant ces derniers. Il les savait par cœur, les citait à tout propos changeant parfois un peu les vers qu'il empruntait afin d'apporter du piquant, de la variété, comme des délassements à ses exposés appuyés ainsi des voix ailées des Muses.

Aussi dans ces *Lettres à Lucilius* use-t-il du procédé qu'il explique ainsi :

« Ne croyez-vous pas que la critique des vices serait plus forte, si elle était faite par un philosophe qui mêlât des vers avec des principes salutaires pour les insinuer plus efficacement dans l'âme des ignorants ? Car, comme disait Cléanthe : tout ainsi que notre souffle rend un son plus clair, passant par le col étroit d'une trompette et sortant par une plus large ouverture, de même la mesure étroite d'un vers donne à nos pensées plus d'effet qu'elles n'en auraient eu sans cela. Ce que l'on avait écouté négligemment et sans aucune émotion, étant dit en prose, cela même entre dans l'âme comme s'il y était poussé aussitôt qu'on lui a prêté des nombres *. »

Il est très curieux de rapprocher de ce passage de Sénèque ce que La Fontaine a écrit, à propos d'une *Inscription tirée de Boissard :* (Epitaphium Claudiæ Homonaeæ **). « Les traductions que la Fontaine a faites de cette inscription ont paru, avec l'*Avertissement* qui précède, pour la première fois, en 1685, dans les *Ouvrages de Prose et de Poésie*, Tome i, p. 250 ***. »

Après avoir remarqué que la publication des *Lettres à Lucilius* par Claude Barbin est de 1681, voici quelques extraits dudit *Avertissement* de 1685 :

« Le principal motif qui m'a attaché à l'inscription dont il s'agit c'est la beauté que j'y ai trouvée. Il se peut faire que quelqu'un y en trouvera moins que moi : je ne prétends pas que mon goût serve de règle à aucun particulier, et encore moins au public. Toutefois je ne puis croire que l'on en juge autrement. Il n'est pas besoin d'en dire ici les raisons ; quiconque serait capable de les sentir ne le sera guère moins de se les imaginer de lui-même.

* Traduction Pintrel. Collection Nisard. Lettre cviii, p. 815.
** Les Grands Ecrivains de la France. La Fontaine, t. viii, p. 469.
*** Idem, p. 471.

J'ai traduit cet ouvrage en prose et en vers, afin de le rendre plus utile par la comparaison des deux genres. J'ai eu, si l'on veut, le dessein de m'éprouver en l'un et en l'autre : j'ai voulu voir par ma propre expérience si, en ces rencontres, les vers s'éloignent beaucoup de la fidélité des traductions, et si la prose s'éloigne beaucoup des grâces. Mon sentiment a toujours été que, quand les vers sont bien composés, ils disent en une égale étendue plus que la prose ne saurait dire. »

Donc, Sénèque, poète lui-même, cite les poètes pour donner plus de charme à ses exposés et c'est ainsi que l'on trouve dans les *Lettres à Lucilius* :

54 citations de Virgile, 4 d'Ovide, 4 de Publius Syrus, 3 de Lucrèce, 2 d'Attius, 2 d'Ennius, 2 d'Horace, 2 de Lucilius, 2 de Mécène, 1 d'Euripide en traduction latine, 1 de Montanus Julius, 1 de Térence, 1 de Varro et 1 de Sénèque lui-même, attribuée à tort à Cicéron, comme on le verra.

Si Virgile a toutes les faveurs de Sénèque, celui-ci ne laisse pas de lui adresser cette critique, tout en lui donnant toujours l'affectueuse épithète de « Virgilus *noster* » :

« *Ut aït Virgilius noster, quid non quid verissime, sed quid decenlissime diceretur, aspexit ; nec agricolas docere voluit, sed legentes delectare* »	« Comme parle Virgile qui a dit bien des choses avec plus de grâce que de vérité, et a eu plus de soin de divertir le lecteur que d'instruire le laboureur. »

Une des particularités des Œuvres de Sénèque, surtout des *Lettres à Lucilius,* c'est que, de son temps même et surtout dans les siècles qui suivirent sa mort, aucun ouvrage latin ne fut plus discuté qu'elles, ou plus admiré. Quelles que soient les opinions émises sur son classicisme, car sa prose donna lieu à une lutte entre les *Anciens* et les *Modernes,* il est certain que Sénèque restera comme un des meilleurs auteurs qu'ait produits l'Humanité.

Et chose curieuse, c'est le christianisme qui lui rendit les plus grands hommages, car tous les Pères de l'Eglise trouvèrent dans ses pages, particulièrement dans les *Lettres à Lucilius*,* des arguments soit pour combattre l'ancienne mythologie, soit pour exalter l'immortalité de l'âme et la croyance en un Dieu Créateur et Maître de l'Univers. Bien plus : ils y trouvèrent des phrases entières qu'ils ont citées avec admiration : ils ont même cru pouvoir affirmer des relations entre Sénèque et saint Paul. Et ce n'est point un moindre étonnement que de voir Sénèque présent véritablement, en 567, au Concile de Tours. Il ne faut pas oublier, d'ailleurs, et il convient de marquer rapidement, que, dans le système panthéiste des Stoïciens, Dieu et l'Univers forment l'Unité ; Dieu est l'*Ame* du Monde, l'organise et lui donne le mouvement. De telle sorte que, devant aboutir à la destruction de la

---

* *Lettres à Lucilius.* Edition Nisard. L. 86, page 720, Traduction Pintrel.

conception trinitaire, le stoïcisme par tant de pages de ses écrivains, et particulièrement de Sénèque, lui rendait de grands services en précisant et développant les Notions de l'*Intelligence divine,* de l'*Ame divine,* en atténuant *le* dualisme platonicien, en déclarant la *Matière* émanation de l'*Ame divine* elle-même *.

Au xvie siècle, en France, Sénèque est estimé de tous, particulièrement de Montaigne. On le préfère même à Cicéron, et les grands lettrés du xviie, comme Corneille, Racine, Boileau, Descartes, Mallebranche, La Mothe le Vayer, pour ne citer que ceux-là, lui font des emprunts, s'inspirent de ses pensées, si bien que ses *Lettres à Lucilius* trouvèrent, en ce siècle, trois traducteurs érudits : Malherbe, Du Ryer et Pintrel.

Il a certainement inspiré à Rousseau une grande partie de ses idées sociales. Il a noté les perversions de notre époque (des Proust, des Gide et des invertis) ; les allures des femmes et des hommes depuis la guerre et leurs réciproques relations ; les exagérations des sportifs ; les bassesses de la servitude volontaire ; les honteux procédés de nos hommes de lettres les plus notoires tout en étant sans valeur.

Il faut donc lire Sénèque dans ses *Lettres à Lucilius* que les citations incluses au cours de cette étude feront connaître en partie**.

---

* Voir pages 50 à 64, tome i. *Léon Brunschwicg* de l'Institut, *Le Progrès de la conscience dans la Philosophie Occidentale,* Félix Alcan.

** Voir annexe B. ci-après.

CHAPITRE III

LA TRADUCTION DE PINTREL

« Avis des Editeurs » (Nisard). — Valeur de la Traduction de Pintrel. — Ses qualités. — Que doit être une
traduction. - Encore celle de MM. Place et Lardanchet. — Tristes pratiques. — Quelques erreurs de
l'Edition Nisard. — Annexe C (à la fin du volume).

Voici comment, dans l'*Avis des Editeurs,* [**]
(Edition Nisard) il est parlé de la traduction de
Pintrel.

« Pour la traduction des Epîtres nous n'avons
pas eu à la demander à une plume contemporaine. Le dix-septième siècle nous offrait de ce
chef-d'œuvre de Sénèque une traduction qui est
elle-même un chef-d'œuvre de langage. On cher-
cherait vainement le nom de l'auteur dans les
biographies les plus complètes. Il s'appelait Pintrel. Il était de Reims. Mais ce Pintrel était parent de La Fontaine ; mais cet habitant de Reims
vivait dans un siècle dont Courier a dit que la
moindre femmelette y écrivait en meilleur français que les maîtres du dix-huitième siècle. La

[**] OEuvres complètes de Sénèque le Philosophe avec la traduction en français, publiées sous la direction de M. Nisard, chez Dubochet et Cie, 1838.
MM. Firmin Didot ont acquis cette Collection en toute propriété
en 1850.

première et, à ce que nous croyons, la seule édition de cet ouvrage parut en 1681. Outre le talent très distingué de Pintrel cette traduction a un inestimable prix. La Fontaine l'a revue et en a traduit en vers toutes les citations. La plupart de ces vers sont charmants ; un grand nombre sont des meilleurs qui soient sortis de cette plume incomparable.

« En pensant qu'une réimpression, ou plutôt une exhumation de ce genre, faite par des mains pieuses, serait mieux reçue qu'une traduction nouvelle, nous avons obéi non seulement à notre goût particulier, mais à des conseils dont l'autorité eut décidé même de moins convaincus que nous de ce qu'il y a de vrai dans la boutade de Courier.

« M. Villemain, consulté par nous sur la part que l'on pouvait faire dans cette Collection aux travaux des deux derniers siècles, avait donné l'avis de réimprimer quelques traductions du dix-septième fort supérieures, disait-il, malgré leurs imperfections et leurs charmantes négligences, non seulement à tout ce qu'on avait fait depuis, mais à tout ce qu'on pourrait faire ultérieurement. C'est ce précieux conseil qui, en nous confirmant dans notre propre pensée, nous a mis sur la voie de cette traduction à laquelle La Fontaine a coopéré, probablement en bon parent, et en y mettant de l'amour propre de famille. Nous l'avons réimprimée *avec un soin religieux, sans y rien changer,* sans y rien ajouter, *même* *aux endroits qui offrent de légères omissions ou des interprétations différentes du sens adopté depuis ;* nous réservant d'ailleurs de remplir, dans des notes spéciales, les plus graves de ces omissions, et de rétablir la vraie version partout où Pintrel a pu l'altérer, soit par erreur, soit, plus souvent, comme nous l'avons vérifié, pour avoir suivi des Commentateurs qui ne respectaient pas assez les manuscrits. Quant aux omissions, quelques-unes sont si peu motivées qu'il n'y a nul doute que le texte, dont se servait Pintrel, ne fut mutilé ; pour les autres, serait-ce que le goût de Pintrel, si sûr toutefois et si hardi, a eu peur de traduire certaines choses ou trop crues ou trop subtiles pour la noble langue dans laquelle il écrivait ? Nous serions fondés à le croire. Au reste, le tout est insignifiant dans un ouvrage si considérable ». *

Telles sont les impressions que j'ai ressenties après avoir lu les *Epistres de Sénèque* dans la traduction de Pintrel.

Le style en est admirable, et c'est l'un des meilleurs ouvrages en prose du xviie siècle. Il n'a rien à redouter des comparaisons avec eux des plus grands prosateurs dont je ne veux pas faire ici l'énumération.

Cette traduction n'est pas une de ces « *belles infidèles* » dont se flattait ce siècle incomparable. Certes Pintrel ne suit pas toujours le mot à mot.

* Op. cit. page viii.

Il mêle en une phrase les idées de plusieurs phrases de son auteur quand elles se complètent ou s'expliquent ; il ne recherche pas la concision de Sénèque, lorsque celui-ci veut, intentionnellement, frapper une *sentence,* faire briller une idée, opposer deux mots lapidaires qui marquent des antithèses.

Il est fidèle et il est élégant. Il parle la langue du Grand Siècle, et n'hésite pas à transformer un *chariot* en *carosse ;* les *cuisiniers* et les *esclaves* en « *officiers qui servent sur table* » ; « *multi ex his togatis* », beaucoup de citoyens romains, en « ces *Messieurs les petits Collets* » ; « hanc coli », cultivez-là « faites lui la cour » ; *flosculos* en *fleurettes,* ou *beaux mots ; aditum,* gardien du temple, en *sacristain ; celeritas dicendi,* en *babil ; virum optimum,* en *bonhomme ; turbam* en les *grandes Compagnies.* Il n'hésite pas à forcer le sens en songeant au théâtre de son époque:

Quam multa Publii, non excalceatis sed cothurnathis dicenda sunt :	Combien de bonnes choses dont Publius est l'auteur qui mériteraient d'être recitées non pas devant la canaille, mais devant les gens de qualité ! (VIII)

Mais toutes ces adaptions modernes des idées ou des images de Sénèque, et que l'on semble trouver toutes naturelles, montrent, comme on l'a déjà dit, combien Sénèque lui-même surgissait du 1er siècle pour s'accommoder aux mœurs des

races futures et deve⟩ir citoyen de tous les siècles.

Ainsi Pintrel avait précédé les autres traducteurs auxquels Nisard avait fait appel pour la
publication des œuvres de Sénèque puique dans
⸚ « Avis des Editeurs » on lit, au sujet de la traduction des autres ouvrages : « Ce qui la distin-
gue, c'est peut-être que le tour d'esprit particulier
de Sénèque, sa subtilité abondante, son goût pour
les contrastes qui le fait tomber à son insu des
oppositions d'idées dans les antithèses de mots,
ces *doux défauts* enfin, qui charmaient la jeunesse contemporaine ont été serrés de plus près et
rendus avec plus d'étude dans cette traduction...
Il n'est pas besoin de dire que cette fidélité au
tour d'esprit de Sénèque n'a pas été poussée jusqu'au néologisme et à la biazrrerie. L'exagération
n'est pas permise dans notre langue même pour
traduire un auteur exagéré. Sous ce rapport, l'imperfection d'une traduction est une qualité dans
dans le traducteur. »

Il y aurait fort à dire sur ces derniers principes, car j'estime que la vraie traduction d'une
œuvre doit faire valoir les qualités et montrer
les défauts de l'auteur ; et que sa pensée, ses
termes doivent être rendus au plus près. Souvent
Pintrel ne m'a pas satisfait par ses tours de
phrase trop délicats et quelquefois par sa proli-
xité, ce qui ne m'empêche point de lui rendre
l'hommage le plus éclatant que je puis en citant
quelques passages, hélas ! pas aussi nombreux

que je l'eusse voulu de sa traduction. Le mieux est de la lire dans la traduction de la Collection Nisard où l'on a rendu en français du xixe siècle* et de la typographie et l'orthographe du xviie siècle (Voir *Annexe C.*)

Avant d'aborder la question des *inexactitudes* et des *omissions* de la traduction de Pintrel je voudrais encore m'arrêter sur quelques petits hors-d'œuvre savourés au courant de ma lecture sans chercher à y mettre de l'ordre.

Quid est quare isti me complorent ?	Qu'y a-t-il donc ? Pourquoi ces gens-ci se viennent-ils *condouloir* avec moi ?
Ars ei constat, qui pro ornamenta percussus est.	On ne laisse pas d'être bon escrimeur pour avoir reçu quelques coups dans la garde de son épée.
J'aime Epicure	
Licet manuleatus sit.	tout *fourré* qu'il est contre la mauvaise saison.
Caeterum quod libros meos tibi mitti desideras.	Mais *quels que* mes livres soient…
Aut projicimus bonum, si hoc nomen pani aut polentæ damus. (*La Polenta*).	Ce serait trop ravaler ce nom de bien que de le donner à du pain, à du potage.
Est ille plus quam capit. et ingenti aviditate onerat distentum vemtrem.	Tandis qu'il *se farcit le ventre* qu'il lui donne plus de charge qu'il n'en peut porter.

* Voir à la fin de l'Annexe C quelques exemples de ces transformations qui montreront les différences des orthographes.

Non vaco ad istas ineptias.	Je n'ai pas le loisir de m'arrêter à ces *sornettes*.

A diverses reprises Sénèque parle de l'AEtna, et Pintrel pour montrer son érudition traduit par le « *Mont Gibel* », nous rappelant ainsi que les Anciens le considéraient comme un des piliers du ciel ; que les Arabes lui avaient donné le nom typique de *Djebel* (*la montagne* par définition) tandis que les Siciliens faisaient de ce mot arabe : *Gibello* ou *Mongibello*.

Haec aetas optime facit ad haec studia, jam despumavit.	Notre âge est bien propre à cette étude. Ses *bouillons* sont apaisés.

Lettre LXXVIII.

Omnia sensuum blandimenta...	Tous les *chatouillements* des sens.
Tumultus coquorum... ipsos cum soniis focos transferentium.	Les *officiers de cuisine* qui servent des ragouts avec les réchauds.
In Nomentanum meum fugi	Je *m'en suis fui* en ma maison de Nomentan.
Adjiciam quod mirum fortasse videatur.	Et l'on sera, *possible*, surpris quand j'ajouterai. (Voir aussi La Fontaine).

Et Madame de Sévigné avec le carrosse de Monseigneur n'a pas mal rendu ce passage de Sénèque :

« On ne voyage point aujourd'hui si l'on n'est accompagné de barbes et de coureurs qui marchent devant, car il serait honteux de n'avoir personne pour faire retirer les passants et pour faire élever de la poussière afin que l'on sache qu'il vient un homme de qualité » (cxxii).

Dans les *Notes Bibliographiques* dont il a fait suivre le Tome ii de son édition (1921) des *Epistres de Sénèque,* l'Editeur lyonnais parlant de l'édition originale et unique des dites *Epistres* s'exprime ainsi :

« Elle a toutefois *été utilisée* par Nisard, dans sa Collection des Auteurs Latins, pour la traduction des Lettres *à Lucilius* ». *

Je fais remarquer avant d'aller plus loin, la... *subtilité* de ce texte. D'après cela on pourrait facilement croire que ce n'est pas la reproduction elle-même de l'Edition de 1681 qui a été faite, plus ou moins bien, par la firme Nisard, mais qu'on s'en est servi pour la *traduction :* on aurait *traduit* les *Lettres à Lucilius* et non *Les Epistres de Sénèque* en *utilisant* simplement la traduction Pintrel. On sait ce qu'il en est. Continuons.

« Maurice Mæterlinck, dans l'Introduction dont il a bien voulu enrichir notre édition ** donne à ce sujet de suffisantes explications ***. Or Maurice Mæterlinck dit simplement, à ce sujet, parlant du traducteur de Sénèque :

« *Il fut pour ainsi dire exhumé* **** il y a quelque soixante-quinze ans par les éditeurs des œu-

---

* *Notes Bibliographiques (non paginées*. Verso de la 1re page.

** Plaquette formant un petit volume à part, je le rappelle, et qui peut, par exemple, comme à la Bibliothèque Nationale ne pas enrichir la dite Edition.

*** Voir ci-dessus noté *

**** Voir l'*Introduction,* par Mæterlinck, *également non paginée,* 5e feuillet au recto,

vres de Sénèque publiées chez J. Dubochet, Le Chevalier et Cie, sous la direction de Nisard, et *n'a pas, que je sache, été réimprimé* depuis ».

L'on voit qu'il importait de mieux préciser la valeur de *l'édition Nisard*, car ce qui précède n'était pas très net, à mon avis et l'on comprendra encore mieux la valeur de mon observation après avoir lu ce qui suit :

« Nous ajouterons seulement que cette transposition en français moderne témoigne de la plus grande négligence de la part des auteurs ; si bien qu'en conférant les deux versions, nous avons relevé dans la seconde une centaine d'erreurs de sens et environ cinquante omissions de mots, de phrases et même de paragraphes entiers. L'on s'explique mal une aussi coupable légèreté des collaborateurs du docte Nisard ». *

Que la voilà bien arrangée cette Edition Nisard qui, en résumé, empêche l'édition Lardanchet d'être : *la deuxième des Epistres de Sénèque traduites par Antoine Pintrel* ».

Je me suis donc astreint à comparer l'édition Nisard avec l'édition Lardanchet, estimant que celle-ci reproduisait *religieusement* l'Edition de Barbin. Or, stupéfaction ! : « Pour établir cette nouvelle édition, dit l'Editeur, nous avons suivi *fidèlement* le texte de l'édition originale, *en y apportant certaines modifications* ». **

* *Notes Bibliographiques* du tome II. Lardanchet, recto du 2e feuillet.
** Idem,

Et voilà la *deuxième Edition,* la seule bonne !
des *Epistres de Sénèque !*

« Tout d'abord, la ponctuation a été minutieu-
sement révisée et mise en accord avec le sens
que nous prêtons aujourd'hui à ces signes ».

Pourquoi ?... Dès lors Nisard avait le droit de
faire aussi, en suivant le texte, la « *transposition
en français moderne* » tout en prétendant publier
la *deuxième Edition des Epistres de Sénèque* » :
celle de M. Lardanchet étant en réalité *la trois
sième.*

Ensuite, (il faut citer tout).

« De plus, tout en respectant l'orthographe de
l'époque qui donne une saveur si particulière
aux œuvres anciennes, nous avons cru pouvoir, en
même temps que *corriger d'évidentes erreurs,*
supprimer les majuscules qui précédaient certains mots sans offrir aucun intérêt pour le lecteur » *

« Mais notre rôle ne s'est pas borné à ces
légères (! !) *retouches* *. La typographie de
1681 n'a certainement pas été soumise à une
correction bien attentive. Il s'y est glissé un
nombre appréciable de *non-sens* et de *contre-sens*
qui, *selon toute apparence* (? ?) ne devaient pas
figurer au manuscrit de Pintrel. *Nous les avons
dans la mesure que nous commandait le respect
dû* à un texte deux fois vénérable, *rectifiés,* sou-
cieux de donner du chef-d'œuvre qui entre dans

---

* Notes Bibliographiques. Voir ci-dessus feuillet 2. *Recto in-fine*
et verso.

notre Collection une leçon aussi définitive que le comporte l'imperfection inhérente aux choses humaines ».

Il résulte de cela que M. Lardanchet (alias M. Place) s'est permis à certains endroits de « *corriger d'évidentes erreurs* », de faire de « *légères retouches* » mais bien plus, de *modifier l'édition originale* en corrigeant cette édition, en se permettant de transformer des « *non-sens* et des *contre-sens qui, selon toute apparence* (qu'en sait-il ?) *ne devaient pas figurer au manuscrit de Pintrel* ».

Dans quelle mesure ont-ils été rectifiés ?... J'avoue n'avoir pas eu le courage de confronter les deux Editions Barbin et Lardanchet. J'ai déjà perdu assez de temps à comparer les Editions Nisard et Lardanchet pour essayer de me rendre compte de la « *négligence* », de « *la coupable légèreté des collaborateurs du docte Nisard* ».

Il appert d'abord que Nisard, plus scrupuleux que M. Place, a eu soin pour les erreurs, (nonsens ou contre-sens) ou omissions constatées de ne pas changer le texte de Pintrel, mais de les rejeter à la fin du volume dans une note très explicite avec indications des pages du texte latin et de la traduction Pintrel fausse ou omise : on se rend ainsi très bien compte des choses : ce que l'on ne peut faire avec l'Edition Lardanchet.

Parlant de la réimpression de l'édition de Barbin (1681) Nisard s'exprimait ainsi :

« Nous l'avons réimprimée *avec un soin religieux sans y rien changer, sans y rien ajouter,* même aux endroits qui offrent de légères omissions ou des interpétations différentes du sens adopté depuis : nous réservant d'ailleurs de remplir, dans des notes spéciales, *les plus graves* de ces omissions et de rétablir la vraie version partout où Pintrel a pu l'altérer, soit par erreur, soit le plus souvent, comme nous l'avons vérifié, pour avoir suivi des commentateurs qui ne respectaient pas assez les manuscrits *.

Du travail ci-dessus indiqué il résulte évidemment que entre l'édition Nisard et l'Edition Lardanchet l'on peut constater un certain nombre d'erreurs de *sens,* non pas toutes imputables aux collaborateurs de Nisard, par comparaison avec le texte latin ; que dans les 81 premières Lettres j'ai constaté 8 bouts de phrases oubliés qui se trouvent dans l'Edition Lardanchet (les deux plus importants : Lettre lxvi, page 645. Col. 1 *et* page 647 Col 1).

Donc l'Edition Nisard signale de la part de Pintrel exactement 24 inexactitudes et 24 omissions. Moi-même en comparant Pintrel au texte latin donné par l'Edition Nisard j'en ai constaté quelques autres (*nisi fallor,* comme disait saint Augustin) car l'on ne peut jamais être bien sûr d'avoir mieux pénétré qu'un autre la valeur, le sens d'un mot latin.

* Edition Nisard, page viii. Avis des Editeurs.

Lettre vii. Col, i, p. 534.

Multi te laudant. Et quid habes cur placeas tibi, si is es quem intelligant multi ? Introrsus bona tua spectent.

Beaucoup de gens vous estiment. Eh bien ! sans vous en savoir tant de gré et vous croire si accompli, faites servir tout cela à perfectionner de plus en plus votre intérieur.

Je propose : Beaucoup te louent. Et que faut-il pour te plaire à toi-même, si tu es l'homme que beaucoup conçoivent ? C'est qu'en toi ils voient tes vertus.

Lettre ix. Col. i. p. 536.

Epicure blâme.

qui dicunt sapientem se ipso esse contentum, et propter hoc amico non indigere.

Ceux qui disent que le Sage est *content de lui* et par conséquent qu'il n'a que faire d'ami.

Presque toujours quand Pintrel rencontre « *Se ipso contentum* » il le traduit ainsi. Or la traduction la plus exacte est, il me semble : « *le Sage trouve tout en lui* ». C'est pourquoi il n'a besoin de personne.

et plus bas p. 536. Col. 2.

Hecaton aït : « Ego tibi monstrabo amatorium sine medicamento, sine herba, sine ullius veneficiæ carmine: si vis amari, ama.

Hecaton dit : « Je vous apprendrai un secret pour vous faire aimer sans herbe et sans charme : Aimez si vous voulez que l'on vous aime.

Je propose : « Je vous indiquerai un filtre amoureux sans drogue, sans herbe, sans paroles magiques d'un sorcier : Pour être aimé, aimez vous-même ».

Lettre x, page 539. Col. i.

Et vide quod judicium meum habeas : audeo te tibi credere.

Et regardez où va ma pensée et l'estime que je fais de vous : J'aime mieux vous laisser en votre disposition.

Je propose : « Vois à priser mon opinion : je veux que tu aies confiance en toi ».

Lettre xix, p. 558. Col. i.

Volo tibi hoc loco referre dictum Mœcenatis, vera in ipso equuleo elocuti : « Ipsa enim altitudo attonat summa. » ... Hoc voluit dicere : « attonita habet summa. »

Je veux en cet endroit vous rapporter un bon mot de Mécénas : il en a justifié la pensée par sa propre expérience : « la grande hauteur, dit-il, s'étonne d'elle-même ! »..., Il a entendu dire que la grande hauteur étonne ceux qui s'y voient élevés... »

Or cette traduction me paraît inexacte à tous les points de vue, car cette citation vient après, que Sénèque eut dit à Lucilius que s'il augmentait sa fortune, il augmenterait ses craintes, ses déboires, et il lui cite le mot de Mecenas « *in ipso equuleo* » « *sur son propre chevalet* » (instrument sur lequel on mettait à la question), « *alors qu'il était à la torture* ».

« L'altitude elle-même attire la foudre sur les sommets », ou mieux :

« L'altitude elle«même attire la foudre sur les sommets » ce qui lui était arrivé, à lui Mécène, frappé par la foudre aprés avoir occupé les hauteurs du pouvoir.

Lettre LXX. 654. Col. 2.

Prænavigamus vitam, et quemadmodum in mari ut ait Virgilius noster.	Nos jours vont en arrière et comme à ceux qui vont sur mer.
Terraeque urbesque recedunt.	Le rivage, les champs et les villes reculent.

Pintrel n'attend pas le vers de Virgile qui explique le *Praenavigamus vitam* : Nous avons cotoyé la vie, « notre vie fut une traversée » et... les jours reculent, comme le dit Virgile.

Lettre LXXIII, p. 667. Col. I.

Multi enim sunt ex his togatis, quibus pax operiosor bello est	Il y a bien de ces Messieurs les petits collets qui ont plus de travail et d'embarras pendant la tranquillité publique qu'ils n'en trouveraient dans la guerre.

Les « *Petits Collets* » font sourire évidemment de cette traduction vraiment trop prolixe. La simplicité de la phrase latine demandait la simplicité de la traduction.

« Car il y a beaucoup de ces citoyens romains *(gens togata)* auxquels la paix donne plus .de peine (ou de soucis) que la guerre ».

Lettre LXXVI, p. 683. Col. 2.

Sénèque explique le suicide de Marcellinus.

Triduo abstinuit, et in ip-
so cubiculo poni tabernacu-
lum jussit. Solium deinde
illatum est, in quo jamdiu
jacuit ; et calda subinde suf-
fusa, paulatim deficit, ut aie-
bat non sine quadam volup-
tate.

Il demeura trois jours sans manger et fit mettre *un lit* dans sa chambre : puis on y apporta une *cu-*
vette, où il demeura assez longuement, y faisant souvent verser de l'eau chaude. Par ce moyen il perdit ses forces petit à petit, non sans quelque plaisir, disait-il.

Il est évident que Marcellinus fit dresser dans sa chambre à coucher une *tente* sous laquelle on plaça une *baignoire* où, à l'abri des regards il restait dans l'eau chaude.

Dans la même lettre Pintrel a oublié de traduire quelques mots qui ne font rien au sens : « car au moment qu'on lui commanda (de s'acquitter d'une fonction servile et outrageante *fungi servili et contumelioso ministerio*).

Lettre LXXXI, page 696, Col. 1, Sénèque aime discuter la valeur des mots latins et particulièrement de quelques-uns du vieux langage et il disserte sur la phrase

Ille illi gratiam retulit

et alors Pintrel a négligé de traduire toute une phrase, ce dont Nisard lui fait grief (omission, p. 872) en disant...

« Nous ne pouvons nous expliquer une omission si grave que par la raison que la subtilité de ces idées reposant sur des jeux de mots intraduisibles, quand Pintrel s'est vu forcé soit de ne pas traduire ces nuances, soit de les traduire dans un français mêlé de latin, il s'est abstenu. Peut-être est-ce une omission de l'Imprimeur ».

Et Nisard propose une traduction que je n'approuve pas complètement, car il faut conserver à la phrase latine ses expressions. Il importe donc d'examiner le passage.

Voici donc ce que je propose.

Sic certe solemus loqui : « Ille illi gratiam retulit.» Referre, est ultro, quod debeas, afferre. Non dicimus gratiam reddidit : reddunt enim, et qui reposcontur, et qui inviti, et qui ubilibet, et qui per alium. Non dicimus reposuit beneficium, aut solvit : nullum nobis placuit, quod æri alieno convenit, verbum. Referre, est ad eum, aquo acceperis, ferre : haec vox significat voluntariam relationem : qui retulit ipse se appellavit.

Ainsi certes, nous disons habituellement : A a *restitué* un bienfait à B. Restituer (*Referre*), c'est librement, apporter ce que l'on doit. Nous ne disons pas : il a *redonné* (*redidit*) le bienfait : car on redonne l'un sur réclamation, l'autre malgré soi, celui-ci n'importe où, celui-là par intermédiaire. Nous ne disons pas : il a *remis* (*reposuit*) un bienfait ou il l'a *payé* : aucun mot ne nous plaît qui convient aux dettes. *Referre*, c'est à celui dont on l'a reçu porter un bienfait : ce mot signifie une restitution (*relationem*) volontaire : celui qui a restitué s'en est lui-même sommé.

De cette façon, je crois, on a bien montré la différence des mots *referre, reddere, reponere,* comme le voulait Sénèque.

Quant au reproche fait à Pintrel il est mérité ; il n'avait alors qu'à procéder de la même façon que dans l'Epître lviii et ne pas dissimuler son omission.

Il y a lieu de remarquer la difficulté que Sénèque lui-même a éprouvée, car il à été obligé de substituer une fois *beneficium* à *gratiam*.

Il se trouve aussi dans la Lettre lviii (p. 623. Col. 2) trois vers de Virgile que Pintrel a insérés en latin dans son texte parce qu'ils servent d'exemple à une dissertation sur des *mots*, et que, naturellement, La Fontaine n'a pas traduits. Cela montre que Pintrel aurait très bien pu faire ce que nous avons fait ci-dessus.

Sans doute, si l'on voulait s'attarder à chercher des faiblesses ou des erreurs de traduction dans l'œuvre de Pintrel au lieu d'en goûter le charme et de se féliciter de lire Sénèque dans une langue harmonieuse, l'on trouverait encore à ajouter aux observations que j'ai faites moi-même à la faible liste des *Notes* de l'Edition Nisard. Je renvoie donc à celles-ci. Cependant il convient de s'arrêter à deux omissions signalées, page 873, Col. 2. de ces Notes des Epîtres à Lucilius : elles concernent spécialement des phrases de Sénèque où se trouvent des allusions aux tristes mœurs de l'époque et les *Notes* disent : « *La chaste plume de Pintrel n'a pas osé transcrire l'allusion suivante à une particularité de mœurs inouïe et qui fait horreur* ».

Cela m'étonnerait fort, car Pintrel vivait à une époque où les scandales des mœurs impures atteignaient les Altesses Royales, et où les Contes de son ami La Fontaine étaient goûtés plus que de raison. Pintrel aura simplement fait une omission car il suffit de se reporter aux Lettres cxxii et cxxiii par exemple pour se rendre compte qu'il n'a pas « renâclé » sur des sujets semblables.

CHAPITRE IV

LES TRADUCTIONS DE LA FONTAINE

La traduction de la *Cité de Dieu* de Saint Augustin, par Giry. — *Les Grands Ecrivains de la France* et les *Lettres à Lucilius.* — Les citations de Sénèque, traduites par La Fontaine, présentées dans l'ordre des *Epistres.*

Avant de collaborer avec Pintrel à la traduction des *Epistres de Sénèque,* La Fontaine avait déjà donné des preuves de son excellent cœur et de sa bonne volonté en collaborant avec Giry à la traduction de la *Cité de Dieu* de Saint-Augustin. Ainsi que je l'ai montré*, M. de Lapparent a *retrouvé cent trente-neuf vers*** de La Fontaine dans le 1er volume de cette traduction, et *moi-même vingt-trois* dans le 2me volume,*** car Giry avait demandé à La Fontaine de traduire en vers français tous les vers latins cités par saint Augustin.

Louis Giry, en présentant son ouvrage au public disait : « Mais comme il y a beaucoup de vers de Poètes latins que j'ay esté bien aise de voir en nostre langue, M. de La Fontaine, qui

---

* Colonel Godchot. *La Fontaine et St-Augustin.* A. Michel.

** *Saint Augustin, La Cité de Dieu* de la traduction de Louis Giry, à Paris, chez Pierre le Petit, 1665, T. I. A. I. 30 juin 1665.

*** Idem. T. II. A. I., 18 Février 1667, présenté par le fils de Louis Giry, Minime, Louis Gitry étant mort en 1665.

a joint à beaucoup de vertu et à un grand mérite un fort beau génie pour la Poésie française, a bien voulu les traduire pour honorer mon travail ».

La mort de Pintrel a empêché celui-ci de rendre un plus éclatant hommage à son cher poète et ami. Qu'il me soit permis de le faire ici, au nom de la Société de *Les Amis de La Fontaine*, que je tiens à associer avec son aimable Président, M. Olivier de Gourcuff, à mon travail, et au mien propre, car plus que jamais je trouve que La Fontaine est le premier poète du monde, auquel les Mallarmé et les Paul Valéry pourraient demander des leçons de clarté.

La découverte de M. de Lapparent datant de 1917, et la mienne de 1918, les vers contenus dans *La Cité de Dieu* ne se trouvent point reproduits dans *Les Grands Ecrivains de la France, J. de La Fontaine*. Ils y trouveront évidemment leur place dans une réédition. Mais les vers contenus dans les *Epistres de Sénèque* ont paru dans le t. viii (p. 477 et s.) de cette Edition.

Nous avons déjà montré l'erreur de M. Mesnard au sujet d'*Antoine* Pintrel ; du titre modifié « *dès la même année* » (1681) sans la moindre preuve ; et l'on peut regretter l'aridité de la présentation des vers de La Fontaine publiés là sans suivre l'ordre des *Lettres à Lucilius*, sans même indiquer les lettres auxquelles il faut se reporter. Les vers sont simplement classés suivant l'importance de leur nombre : les strophes d'abord, puis les vers isolés par 3, 2 ou 1. Quand on les lit ainsi, à part quelques-uns, ils ne prennent pas toute leur valeur, séparés du contexte qu'ils étaient chargés d'orner, d'éclairer *.

Aussi, comme je l'ai fait pour la *Cité de Dieu* de saint Augustin, il convient de publier à nouveau les vers de La Fontaine en les faisant précéder :

1º d'un argument pris dans les *Epistres de Sénèque,* où ils se trouvent, afin de bien faire saisir la valeur que Sénèque leur attribuait dans ses exposés philosophiques et dans son argumentation ;

2º du texte latin de ces vers ;

3º de la traduction de La Fontaine ;

4º des observations qu'elle m'a pu suggérer.

Ep. VIII. — Sénèque parle des poètes dont les vers sont dits par des mimes, et qui devraient être dits non par des acteurs comiques, mais par des acteurs tragiques (ce que Pintrel traduit par : *non devant la canaille mais devant des gens de qualité*), et il cite un vers de Publius qui dit que « les choses fortuites ne doivent pas être comptées comme à nous ». **

---

* Colonel Godchot. Op. cit., p. 14-15,

** Je crois que ces vers seraient mieux traduits ainsi :
Tout nous est étranger qui vient de nos souhaits...
Le bien qu'on a reçu peut nous être enlevé...
A rappeler les deux vers suivants de *Philémon et Baucis* (t. VI, p. 148, G. E.)
Il lit au front de ceux qu'un vain luxe environne
Que la fortune vend ce qu'on croit qu'elle donne.

Alienum est omne, quidquid optando venit.

Nous ne nous devons point l'effet de nos souhaits.

Toutefois Lucilius en a dit un meilleur

Non est tuum, fortuna quod fecit tuum.

Ne comptons point à nous les présents du hasard.

et encore un autre

Dari bonum quod potuit, auferri potest.

On peut ravir le bien que l'on a pu donner.

Ep. ix. — « Celui qui ne se croit pas heureux est misérable quoiqu'il commande à tout le monde » dit Epicure, et c'est ce qu'un poète comique a exprimé par ce vers.

Non est beatus, esse se qui non putat.

que La Fontaine a rendu par le contraire

Il ne trouve d'heureux que ceux qui pensent l'être.

Tome viii, p. 486 des G. E. l'on a mis

Je ne trouve...

Ep. xii. — Pacuvius se faisait inhumer chaque jour... et l'on chantait en musique : « Il a vécu ! Il a vécu ! »... (Pour nous) disons gaîment, par raison.

Vixi ! et quem dederat cursum fortuna, peregi.

J'ai parcouru les ans marqués par mes destins.

Ep. xviii. — Il faut s'habituer, comme Epicure, à avoir commerce avec la pauvreté.

*Aude, hospes, contemnere opes, et te quoque dignum
Finge Deo.*

Soyez digne des dieux par le mépris de l'or.

Il y a lieu de remarquer que Sénèque n'a pas dit : *des Dieux*, mais de *Dieu* et qu'il insiste puisqu'il ajoute :

Nemo altus est Deo dignus, quam qui opes contempsit.
Nul n'est digne de Dieu que celui qui méprise les richesses.

Pintrel arrondit sa phrase en traduisant, (on se demande pourquoi ?)

« Il n'y a que ce celui qui méprise les richesses qui soit digne de celui qui les a créées.

Ep. xxi. — Sénèque promet à Lucilius de faire vivre son nom chez les races futures et cite Virgile qui avait promis l'immortalité à deux personnes.

> *Fortunati ambo. Si quid mea carmina possunt*
> *Nulla dies unquam memori vos eximet aevo,*
> *Dum domus Æneae Capitoli immobile saxum*
> *Accolet, imperiumque pater Romanus habebit.*

Couple heureux ! Si mes vers sont des ans respectés,
Vos noms ne mourront point par ma muse chantés.
Je les ferai durer tant que la destinée
Rendra Rome soumise aux descendants d'Enée.
Tant que ceux de son sang, par leurs honneurs divers
Règneront sur ces murs, ces murs sur l'Univers !

La métaphore est peut-être un peu bien grosse*.

Ep. xxiv. — Sénèque dit à Lucilius que ce n'est pas la dernière heure seule qui fait la mort et lui rappelle un de ses vers.

Mors non una venit ; sed, quae rapit, ultima mors est.
ainsi traduit

Nous mourrons tous les jours ; mais on n'appelle mort
que celle enfin qui vient terminer notre sort.

---

* Rapprocher ces vers d'*Adonis* :
> Vois de bon œil cet œuvre, et consens pour ma gloire
> Qu'avec toi l'on le place au temple de mémoire.
> Par toi je me promets un éternel renom :
> Mes vers ne mourront point assistés de ton nom.

L. xxvIII. Quand on voyage il faut décharger son esprit de tout ce qui lui pèse autrement l'on est comme la Sibylle peinte par Virgile

> *Bacchatur vates, magnnum si pebtore possit.*
> *Excussesse Deum.*
>
> Elle s'agite et cherche à se voir délivrée
> De la divinité chez elle renfermée.

Ep. xxxI. C'est là le Souverain bien : si vous le possédez vous commencez à être compagnon des Dieux, vous n'êtes plus leur suppliant... Elevez-vous donc maintenant...

> *... Et le quoque dignum*
>   *Finge deo !...*
> ... et formez en vous une image digne de Dieu.
>   (*Non traduit* par L. F.)

nous essayerons donc

> Et travaillant au bien, fais-toi digne de Dieu.

Ep. xxxIII. — Les livres sont remplis d'une multitude de belles choses que l'on ne peut détacher d'eux, ils sont trop riches :

> *Pauperis est numerare peccus*
> Le pauvre seulement doit compter son troupeau.

Erreur évidente de La Fontaine, qui a mal traduit alors qu'il y a : *Au pauvre il est (possible) de compter son troupeau* puisqu'il n'a pas beaucoup de bêtes. Il lui eut suffi de mettre *peut* au lieu de *doit* qui ne répond pas à l'idée de Sénèque.

Ep. LxI. — Dieu réside dans l'Homme. Un vers *non traduit* par La Fontaine.

(Quis Deus, incertum est) habitat Deus
Un Dieu se trouve en nous. Quel est-il ? On ne sait.

Ep. xlix. — Quand l'ennemi est là (celui de l'esprit, et de la raison) ce n'est pas le moment de dire des bagatelles, mais de courir aux remparts.

> *Aspice, qui coeant populi, qua mœnia clausis*
> *Ferrum acuant portis !*

Combien de gens armés courent sur les remparts
Et combien à *la porte* on voit luire de dards !

Ep. liii. — 2 *vers non traduits* : A propos du mal de mer, Sénèque dit que, se trouvant sur un bateau, il força le patron à le rapprocher de terre et n'attendit pas que selon les préceptes de Virgile.

> *Obvertant pelago proras aut*
> *Ancora de prora jaciatur.*

Que l'on tournât la proue en face du rivage.
Que du haut de la proue on assurât l'ancrage.

Ep. vi. — Les bruits du dehors ne sont rien pour le Sage, tant que les passions n'excitent pas de tumulte intérieur.

Car à quoi sert le silence du dehors si vos passions éclatent au dedans.

(A quoi sert le silence de toute une région si les passions grondent.)

le poète dit

> *Omnia noctis erant placida composta quiete.*

La nuit avait partout répandu ses pavots
Et donnait aux humains un paisible repos *.

---

* Du Ryer avait donné :
   Le repos de la nuit avait tout assoupi.

Et Sénèque ajoutait :

« Cela est faux : car il n'y a point de repos que celui qui se trouve établi par la raison. La nuit nous ramène nos déplaisirs au lieu de les chasser et ne fait que changer nos soucis. »

La vraie tranquilité ne se trouve que dans une bonne conscience.

Il faut donc qu'il y ait quelque sou ? ou quelque crainte au-dedans pour être rendu curieux (inquiet) comme dit notre Virgile.

Et me, quem dudum non ulla injecta movebant
Tela, nec adverso glomerati ex agmine Graii,
Nunc omnes terrent aurae, sonus excitat omnis
Suspensum, et pariter comitique onerique timentem.

    Moi qui n'étais ému ni des armes lancées
    Ni des Grecs m'entourant de phalanges pressées,
    Je tremble maintenant, et crains au moindre bruit
    Pour celui que je porte [*] et celle qui me suit [**].

Puis, Sénèque continuant son idée, dit à Lucilius :

Quelque soit celui des heureux que tu choisisses, traînant beaucoup, portant beaucoup, tu le verras

    ... comitique onerique timentem

craignant pour son personnel et ses bagages.

ainsi doit-on cette fois faire l'application de ce vers, non traduit par La Fontaine.

Ep. LVIII. — Au sujet de la disette de la langue latine. Des choses ont besoin, de noms, d'autres qui en avaient eu autrefois les ont perdus, ou changés. Par exemple : une mouche que les Grecs nommaient *œstron* et les anciens latins *asilum* comme il faut en croire Virgile.

[*] Anchise. — [**] Créuse.

Est lucum Silari juxta illicibus virentem
Plurimus Alburnum volitans, cui nomen asilo.
Romanum est, œstrum Graii vertere vocantes ;
Asper, acerba sonans ; quo tota exterrita silvis
Diffugiunt armenta.

Auprès du Mont Alburne et du bois de Siler,
On voit par escadrons un insecte voler
Il est craint des troupaux ; au seul bruit de son aile,
Ils semblent agités d'une fureur nouvelle :
Tout s'enfuit aux forêts sans prendre aucun repos :
Le nom de cet insecte chez les Grecs est Œstros.
Asilus parmi nous.

Puis Sénèque indique encore quelques mots, comme *cernere ferro,* comme *jusso* employé pour *jussero ;* et il cite, à l'appui, les vers qu'il eut été impossible de traduire sans leur enlever leur qualité de démonstration : c'est pourquoi Pintrel lui-même dans sa traduction a cité les vers en latin

Stupet ipse Latinus
Ingentes, genitos diversis partibus orbis,
Inter se coiisse viros, et cernere ferro

Quod nunc decernere *dicimus,* ajoute Sénèque et le fidéle Virgile n'hésite pas à employer *jusso* pour *jussero*

Cœtera, qua jusso, mecum manus inferat arma.

Vers non traduit par La Fontaine.

Ep. LIX. — Il n'y a que l'homme sage qui puisse avoir de la joie. Les débauchés, après une triste nuit, déclament Virgile.

Namque ut supremam falsa inter gaudia noctem
Egerimus, nosti

Car vous savez que cette nuit dernière
En faux plaisirs se passa tout entière.

Ep. LXIV. — Les bons livres nous aiment à la vertu. Tels ceux de Sextius, qui inciteraient à chercher l'occasion de prouver sa valeur, comme celui dont parle le poète :

Spumantemque dari pecora inter inertia votis
Optat aprum, aut fulmum descendere monte leonem
Il voudrait rencontrer un sanglier, un lion [*].

Ep. LXVI. — De grands esprits sont logés dans des corps infirmes. Aussi s'est-il trompé celui qui a dit :

Gratior est pulchro veniens in corpore virtus,
La beauté rend toujours la vertu plus aimable.

car la vertu n'a pas besoin de parure. L'âme n'est pas souillée par la difformité du corps, mais le corps reçoit du lustre par la beauté de l'âme.

Ep. LXVII. — Ce qui est le *bien* est désirable. Et c'est un grand avantage de mourir glorieux en faisant quelque action vertueuse.

O terque quaterque beati
Queis, ante ora patrum, Trojae sub mœnibus altis
Contigit oppetere !

O mille fois heureux
Le sort de ces Troyens hardis et généreux
Qui, défendant les murs de leur chère patrie
Aux yeux de leurs parents immolèrent leur vie !

Ep. LXX. — Notre vie est une traversée (un voyage sur mer). Nous cotoyons la vie ; et comme sur la mer ainsi que le dit notre Virgile :

---

* Est mieux rendu dans la traduction de Du Ryer par :
Il souhaite de voir qu'un sanglier écumant
Ou quelque blond lyon du haut mont descendant
Vienne pour se jeter sur ses brebis craintives.

> *Terraeque urbesque recedunt*
> Le rivage, les champs et les villes reculent.

de même nous perdons de vue l'enfance, l'adolescence, et le temps qui sépare la jeunesse de la vieillesse.

Ep. LXXIII. — Le Sage reçoit un bienfait, et le rend, et c'est souvent le rendre que de l'avouer, surtout quand ce bienfait est la paix.

Ainsi Virgile dit :

> *O Meli*bée, *Deus nobis hæc otia fecit*
> *Namque erit ille mihi semper Deus*

C'est un Dieu, Mélibée à qui nous devons tous
Le bonheur de la paix et d'un repos si doux.
Je le tiendrai toujours pour un Dieu...

et surtout lorsque ce présent se traduit ainsi :

> *Ille meas errare boves (ul cernis) et ipsum*
> *Ludere, quae vellem, calamo permisit agresti*

C'est lui qui me permet de mener dans nos plaines
Ces bœufs et ces troupeaux, ces moutons porte-laines
C'est par lui que je joue au pied de cet ormeau
Les chansons qu'il me plaît dessus mon chalumeau *.

Ep. LXXVI. — Quand on veut savoir la vraie valeur de quelqu'un, considérez son âme. Si elle est forte contre l'adversité, si devant un arrêt terrible elle peut dire comme le héros troyen à la Sibylle de Cumes :

---

* Malgré la naïveté de la scène,
Ici j'ose trouver La Fontaine mal inspiré · il a trop allongé, avec ses moutons *porte-laines*, ses bœufs et ses troupeaux. Je préfère la traduction trouvée dans du Ryer :

> C'est un Dieu, Melibé, qui nous fait cette paix
> Je le veux comme Dieu honorer à jamais.
> Ainsi comme tu vois il nourrit mes trouppeaux
> Et me laisse à mon gré sonner mes chalumeaux.

... Non ulla laborum
O Virgo, nova mi facies inopinave surgit :
Omnia præcepi, atque animo mecum ante peregi.

O Vierge, je suis fait dès longtemps aux travaux
Je n'en trouverai point les visages nouveaux :
Je me suis des malheurs une image tracée
Et je les ai déjà vaincus par ma pensée.

Ep. lxxvii. — Les navires arrivant d'Alexandrie, lorsqu'ils abordent l'île de Caprée et ce cap.

Alta procelloso speculatur vertice Pallas

Où Pallas sur un roc toujours battu des vents
Va voir au loin les mers*.

gardent en signe d'honneur le *sipirum* [petite voile placée au-dessus de la grande) que Pintrel traduit par le *bourset*.
La mort doit arriver, il est donc inutile de s'en étonner.

Desine fata Deum flecti operare precando

Croyez-vous qu'une voix à prier obstinée
Change l'ordre des dieux et de la destinée.

Ep. lxxviii. — On doit lutter contre les maladies, on les diminue par la volonté (Couette). Il en est de même quand on se trouve en des difficultés ; que l'on se dise alors

... Forsan et haec olim meminisse juvabit

Endurons tous ces maux ; peut-être à l'avenir
Nous sera-t-il bien doux de nous en souvenir.

Ep. lxxx. — 694. Le pauvre et le riche ont des visages si différents ! Et cependant dans la vie nous jouons de ces personnages tel ce comédien qui, marchant fièrement sur la scène, et se penchant en arrière dit :

* Ce *va voir* n'est pas fameux et traduit mal *speculatur* ; il vaudrait mieux
Observe au loin les mers.

> *En imperio Argis! regna mihi liquit Pelops,*
> *Qua Ponto ab Helles atque ab Ionio mari*
> *Urgetur Isthmos :*
> Je commande à la Grèce, et Pelops m'a donné
> Tout le vaste pays de mers environné
> Qui va de l'Hellespont à l'Isthme de Corinthe.

et cependant c'est un esclave, et cet autre qui, tout furieux et plein de fanfaronnade, dit :

> *Quod nisi quieris, Menelae, hac dextra occides !*
> Arrête, Menelas, ou ce bras, comme un foudre
> Tombant dessus ton corps, le va réduire en poudre *.
> Et cependant c'est un misérable qui n'a que sa paie par jour.

Ep. LXXXII. — Il ne faut point se vanter de venir à bout de tout sans le secours de la philosophie. « Voici cette mort contre laquelle vous parliez avec tant de courage ! on entend claquer les fouets, on voit reluire le coutelas.

> *Nunc animis opus, Ænea, nunc pectore firmo*
> C'est à ce coup qu'il faut être sans peur
> Et faire voir de la force et du cœur.

Et plus loin, Sénèque dit qu'il faut s'habituer à penser à la mort et ne pas croire à ces descriptions des enfers où le portier de Pluton garde les portes et

> *Ossa super recubans antro semesa cruento,*
> *Æternum latrans, exsangues terrilat umbras.*
> Couché parmi des os, en des cavernes sombres,
> Par d'éternels abois épouvante les ombres **.

---

* Disons que les deux vers de La Fontaine sont assez médiocres. C'était les fameuses rimes du xviie siècle *foudre et poudre* !
Peut-être vaudrait-il mieux traduire ainsi :
> Sois calme, Menelas, ou tu meurs sous mes coups !

** Il y a lieu de remarquer que dans les *Grands Ecrivains*, t. viii, p. 490, l'on signale ces deux vers latins comme appartenant au L, VI de l'*Eneide*, v. 401. Or, 1° le vers *ossa super recubans antro semesa cruento* ne s'y trouve pas. Ce doit être un vers de Sénèque ; 2° le second vers *Æternum...* est le n° 400,

Plus loin encore, Sénèque affirme que la vertu ne craint pas d'agir ainsi que la Sibylle le dit à Enée :

> *Tu ne cede malis, sed contra audentior ito*
> *Qua tua fortuna sinet !*

Ne cède point aux maux, va contre eux, ne crains rien.
Suis ton sort en tous lieux ; il te conduira bien.

Ep. LXXXIV. — Il faut lire et recueillir des données pour les utiliser ensuite comme font les abeilles, et comme dit notre Virgile.

> *Liquentia mella*
> *Stipant, et dulci distendunt nectare cellas.*

Elles sucent le miel, volant de fleur en fleur,
Et mettent par rayons cette douce liqueur *.

Ep. LXXXV. — Il faut toujours se comparer aux meilleurs dans l'acquisition de la vertu et non aux faibles, comme si un coureur se comparaît aux infirmes et aux boîteux et non à cette amazone dont parle Virgile, qui

> *Illa vel intactae segetis per summa volaret*
> *Gramina, nec cursu teneras laesisset arristas ;*
> *Vel mare per medium, fluctu suspensa tumenti,*
> *Ferret iter, celeres nec tingeret aequore plantas.*

Eut couru sur les eaux, couru sur les moissons,
Sans plier les épis, ni mouiller les talons **.

---

* Comparer ces vers de La Fontaine (Discours à Mme de la Sablière) G. E. T. IX, p. 126.

> Je m'avoue, il est vrai, s'il faut parler ainsi,
> Papillon du Parnasse, et semblable aux abeilles
> A qui le bon Platon compare nos merveilles :
> Je suis chose légère, et vole à tout sujet ;
> Je vais de fleur en fleur, et d'objet en objet.

** Il faut avouer que le *raccourci* un peu rapide de notre poète

Ep. LXXXVI. — Ici Sénèque, après un éloge de Scipion dont l'âme est remontée au ciel, en arrive à parler des bains, et cite un vers d'Horace

Pastilles Rufilius olet

que La Fontaine n'a pas traduit ; puis il traite des arbres et de la vigne, des oliviers que les vieillards ne plantent jamais que pour l'utilité d'autrui, mais il trouvent un abri sous ces arbres

Tarda venit, seris factura nepotibus umcram *.

Dont l'ombre est réservée aux arrières-neveux.

Mais dit Sénèque, ainsi parle Virgile qui a dit bien des choses avec plus de grâce que de vérité et a souvent préféré divertir le lecteur que d'instruire le laboureur, et il en cite cet exemple :

Vere fabis satio est ; tunc *te quoque, medica, putres.*
Accipiunt sulu, et millio venit amma cura.

Il faut semer en Mars la fève et le sainfoin :
Si vous voulez du miel, prenez le même soin.

Il y a lieu de remarquer que le texte des Géorgiques donne

Vere fabis satio ; tum *te*

La contraction *satio est* un peu forcée, mais Sénèque a voulu sans doute empêcher la confusion, entre le verbe et le substantif *satio*.

ne rend point toutes les belles nuances de Virgile, que nous osons traduire ainsi :

Elle aurait survolé les tiges des moissons
Sans courber sous le vent de sa course légère
Les pointes des épis agités d'un frisson.
Elle eut rasé les flots d'une mer en colère
Sans voir ses frêles pieds mouillés par l'onde amère
Dont sous ses pas mugit la terrible chanson.

* Fable XI, 8. Le Vieillard et les trois jeunes Hommes.

Ep. LXXXVII. — On croit qu'un homme est riche parce qu'il a des carosses ciselés

... Instrati ostro alipedes, pictisque tapetis
Aurea pectoribus demissa monitia pendent ;
Tecti auro, fulvum mandunt sub dentibus aurum

Les chevaux sont couverts de housses d'écarlate
Où l'or semé de fleurs et de perles éclate ;
Ils ont des colliers d'or sous la gorge pendants,
Et des mors d'or massif qui sonnent sous leurs dents.

Tout cela ne rend point le maître ni les chevaux meilleurs.

(Le texte de Virgile commence par *Instratos*).

Le véritable bien n'est point l'apanage de n'importe qui. Il a un fond qui lui est propre. Ecoutez :

Et quid quæque ferat regio, et quid quæque recuset
Hic segetes, illic veniunt felicius uvae ;
Arborei fœtus alibi, atque injussa virescunt
Gramina. Nonne vides, croccos ut Tmolus odores
India mittit ebur, molles sua thura Sabaei ?
At Chalybes nudi ferrum.

Considérez du sol la nature secrète,
Ce qu'une terre veut, ce que l'autre rejette,
Ce fonds est propre au blé ; cette côte au raisin ;
L'herbe profite ici ; là le mil et le lin
Les arbres et les fruits croissent ailleurs sans peine.
En ces lieux le safran du mont Tmole s'amène ;
On doit l'ivoire à l'Inde, aux Sabéens l'encens,
Aux Cabyles le fer.

Ep. LXXXVIII. — O belle science !... Si vous êtes bon géomètre, mesurez un peu l'esprit de l'Homme, ô vous qui vous vantez de connaître

Frigida Saturni sese quo stella receptet
Quos ignis cœli Cyllenius erret in orbes.

Où Saturne commence et finit sa carrière.
Quels tours Mercure fait dans sa course légère.

Qu'on sache cela ou qu'on l'ignore, cela arrive,
et pour n'être pas surpris il suffit d'observer

Si vero solem ad rapidum stellasque sequentes
Ordine respicies, nunquam te crastina fallet
Hora, nec insidiis noctis capiere serenae.

que La Fontaine traduit un peu trop sommaire-
ment, tout en gardant le sens.

Observe le coucher pour n'être point séduit
Par la sérénité d'une trompeuse nuit.

Ep. LXXXIX. — Sénèque étudie les divisions
de la philosophie, et pour en finir avec ces divisions et subdivisions ennuyeuses, il dit qu'

Et summa sequar fastigia rerum

Il suffit de toucher le principe des choses

en réalité il ne veut qu'effleurer les faits princi-
paux.

Ep. xc. — La philosophie n'a pas inventé tous
les métiers nécessaires aux commodités de la vie.
Le luxe a fait naître les inventions.

Nam primi cuneis scindebant fissile lignum.

On fendait autrefois le bois avec des coins.

et c'est grâce à l'industrie des hommes

Tunc laqueis captare feras, et fallere visco
Inventum, et magnos canibus circumdare saltus.

Qu'on commença d'user de pièges et de rêts
Et de placer des chiens sur le bord des forêts.

Il en est de même pour le métier de tisserand,
car l'on a trouvé une méthode très subtile

Tela jugo juncta est, stamen secernit arundo ;
Inseritur medium radiis subtemen acutis,
Quod lato feriunt insecti pectine dentes

Entre deux rangs de fils sur le métier tendus,
La navette en courant entrelace la trame,
Puis le peigne aussitôt en serre les tissus.

Heureux temps des débuts, où les présents de la nature étaient exposés à tout le monde. Et quand Dieu nous permettrait de réformer le monde, nous ne donnerions point d'autres lois que celles de ce temps où

... Nulli subigebant arva coloni,
Nec signare quidem aut partiri limite campum
Fas erat : in medium quaerebant ; gisaque tellus
Omnia liberius, nullo poscente, ferebat,

Un homme était tenu pour injuste et méchant
S'il plantait une borne ou limitait un champ.
Les biens était communs, et la terre féconde
Donnait tout à foison dans l'enfance du monde.

Le premier vers n'est pas traduit : il est cependant très important, puisqu'il dit qu'alors « les hommes ne labouraient pas les champs », ne les *contragnaient* pas à produire.

Ep. xcii. — La partie irraisonnable de l'âme se divise en deux autres dont l'une est basse et attachée aux voluptés. On en a fait un corps monstrueux, comme celui de Scylla dont parle Virgile

Prima hominis facies ; et pulchro pectore virgo
Pube tenus ; postrema immani corpore pistrix,
Delphinum caudas utero commissa tuporum,

Son visage est de femme, et jusqu'à la ceinture
Elle en a la beauté et toute la figure.
Le reste, plein d'écaille, est un monstre marin :
Elle a ventre de loup et finit en dauphin[*].

---

[*] Voir Horace, Epître aux Pisons. Art poétique.

La vertu doit rendre un homme heureux. Et celui-là est égal aux dieux

> *Sed, si cui virtus animusque in corpore praesens*
> *hic Deos aequat.*
> Qui dans le fond du cœur a la vertu présente.

(Le vers de Virgile est : *Nunc si cui... in* pectore...)

Quant à l'âme toute divine, elle ne s'occupe pas de ce que devient le corps, consumé par le feu ou

> *Canibus data præda marinis*
> Ou qu'on donne ce corps en proie aux chiens de mer.

Aussi Sénèque ne se préoccupe pas que l'on prenne soin de ses funérailles et il dit comme Mécène :

> *Ne tumulum curo ; sepelit natura relictos*[*]
> Sans souci du tombeau je sais que la nature
> Aux corps abandonnés donne la sépulture.

Ep. xciv. — Les préceptes d'eux-mêmes ont beaucoup de poids, particulièrement s'ils sont mis en vers. Ainsi

> *Injuriarum remedium est oblivio.*
> *Audentes fortuna juvat.*
> *... piger ipse sibi obstat.*
> Aux plus grands maux l'oubli sert de remède.
> Soyez hardis, la fortune vous aide.
> Aux paresseux tout fait de l'embarras

Mais La Fontaine n'a point traduit ceux que Sénèque cite ensuite :

---

[*] Voir Godchot, *La Fontaine et Saint Augustin*, page 15 et 16. Le vers de Lucain *Cœlo tegiur qui non habet urnam.* Phars. vii, v. 819.

> *...Nihil nimis !*
> *Avarus animis nullo satiatur lucro.*
> *Ab alio expectes, alteri quod feceris.*

Essayons donc :

> Rien de trop !
> Aucun lucre jamais ne satisfait l'avare !
> Comme tu reçois l'un l'autre payera l'écot.

Ep. xcv. — Le domaine de la philosophie est immense. Elle s'en flatte.

> *Nam tibi de summa cœli ratione, Deumque,*
> *Disserere incipiam, et rerum primordia pandam ;*
> *Unde omnis natura creet res, auctet, alatque,*
> *Quoque eadem rursus natura perempta resolvat.*

J'examine d'abord les dieux, les éléments ;
Combien grands sont les cieux, quels sont leurs mouve-
[ments
D'ou la nature fait et nourrit toutes choses ;
Leur fin et leur retour, et leurs métamorphoses.

Mais on a rendu l'action de la philosophie plus difficile

> *Nunc manibus rapidis opus est, nunc arte magistra*
> Maintenant pour chasser le mal qui nous oppresse
> Il nous faut employer la force avec l'adresse.

Il y a lieu de remarquer que Sénèque a là encore changé le vers de Virgile qui est

> *Nunc manibus rapidis, omni nunc arte magistra*

parce qu'il n'a pas cité la fin du vers précédent :
Nunc viribus usus... Et cependant la nature nous a faits tous frères, nous sommes nés pour vivre en commun et il faut toujours avoir dans la bouche et dans le cœur le vers du poète

> *Homo sum, humani nihil a me alienum puto*
> Je suis homme et ne tiens rien d'humain hors de moi.

vers, j'ose le dire, assez mal fait, car l'on pourrait facilement y voir tout le contraire de ce qu'a
exprimé le poète latin

Je suis homme et d'humain rien ne m'est étranger.

Au lieu d'apprendre les marques auxquelles on
connaît un bon cheval, combien est-il plus avantageux de connaître les marques d'une belle âme !
et c'est ainsi que sans y penser Virgile fait,
comme suit, la peinture de l'homme de cœur :

> *Continuo pecoris generosi pullus in arvis*
> *Altius ingreditur, et mollia crura reponit :*
> *Primus et ire viam, et fluvios tentare minaces*
> *Audet, et ignoto sese committere ponto ;*
> *Nec vanos horret strepitus ; illi ardua cervix,*
> *Argutumque caput, brevis alvus. obesaque terga*
> *Luxuriaque toris animosum pectus...*
> *...Tum, si qua sonum procul arma dedere,*
> *Stare loco nescit, micat auribus, et tremit artus,*
> *Collectumque premens volvit sub naribus ignem.*

Un coursier généreux, bien fait, d'illustre race [*],
Des fleuves menaçants tente l'onde et la passe ;
Il craint peu les dangers, moins encore le bruit ;
Aime à faire un passage à quiconque le suit :
Va partant le premier, encourage la troupe.
Il a tête de cerf, larges flancs, large croupe,
Crins longs, corps en bon point, la trompette lui plaît :
Impatient du frein, inquiet, sans arrêt,
L'oreille lui raidit, il bat du pied la terre,
Ronfle et ne semble plus respirer que la guerre.

Sénèque avoue qu'il ne ferait pas un autre portrait d'un grand personnage et après avoir fait
l'éloge de Caton, répète à son sujet ce vers

> *Luxuriatque toris animosum pectus*

---

non traduit ci-dessus, mais alors rendu comme
suit :

> On voit dans ses regards une brillante ardeur,
> Et dans ses mouvements la fierté de son cœur.

Ep. ci. — L'épitre ci est admirable par les
considérations sur la vie, sur nos projets et
l'incertitude de la vie. Quelle folie de vouloir en
disposer puisque nous ne sommes pas maîtres
du lendemain !

> *Insere nunc, Meliboœ, piros ; pone ordine, vites*
> Et puis allez planter la vigne et l'olivier !

La Fable du Vieillard et les trois jeunes Hommes (xi-8) se trouve là tout-à-fait développée.

Il faut considérer chaque jour comme si c'était
une vie entière et ne pas aimer passionnément
la vie en craignant la mort. Ce qui a donné lieu
au souhait infâme de Mécénas :

> *Debilem facito manu*
> *Debilem pede, coxa ;*
> *Tuber adstrue gibberum,*
> *Lubricos quate dentes,*
> *Vita dum super est, bene est !*
> *Hanc mihi, vel acuta*
> *Si sedeam cruce, sustine.*

> Qu'on me rende manchot, cul de jatte. impotent ;
> Qu'on ne me laisse aucune dent :
> Je me consolerai ; c'est assez que je vive !

L'on ne saurait oublier que La Fontaine avait
auparavant, dans la fable 15 du Livre i de ses
fables déjà traduit ce passage de Mécénas.

Mécénas, fut un galant homme,
Il a dit quelque part : « Qu'on me rende impotent,

Cul de jatte, goutteux, manchot, pourvu qu'en somme
Je vive, c'est assez, je suis plus que content.

mais, dans ces deux traductions, La Fontaine a
oublié les deux derniers vers de la citation qui
lui ont sans doute paru un peu... indécents puisque Mécénas dit ;

> Qu'importe si j'ai survécu
> Assis sur un pal très pointu !

L'on voit que Sénèque dit de Mécénas « *turpissimum votum* » tandis que La Fontaine le traite
de galant homme.

Et Sénèque ajoute : Faut-il mendier si honteusement quelques jours de vie ? Ne voyez-vous
pas que c'est pour lui que Virgile à dit :

> *Usque adeone mori miserum est ?*

Est-ce un si grand malheur que de perdre la vie !

(Alors qu'il importe de bien vivre, non pas de vivre
longtemps, et souvent le bien vivre consiste à ne pas
vivre longtemps.)

(*Quam bene vivas pefert, non quamdiu ; saepe autem in hoc
est bene, ne diu.*)

Ep. cii. — L'âme est immortelle, et la réputation qui nous survit est un bien, s'il s'agit de
bons exemple

> *Multa viri virtus animo, multusque recusat*
> *Gentis honos*

La vertu du héros, sa naissance, et sa gloire
Se viennent présenter souvent à la mémoire.

Ep. civ. — On s'effraie de la mort. Que sert
alors

> *... Evasisse tot urbes*
> *Argolicas, mediosque fugam tenuisse per hostes ?*

D'avoir dans le combat écarté seul la presse
Et traversé toute la Grèce ?

Non, c'est en *apparence* et non en *effet*, que
comme l'a dit Virgile :

Terribiles visu formae, tetunque labosque
Le travail et la mort sont horribles à voir.

Ici La Fontaine s'est trompé ; il ne s'agit pas
du Travail, *Labor*, mais de la Souffrance, *Labos*.
(Dans le texte de Virgile : des déesses de la
Mort et de la Souffrance).

Et son vers y eut gagné en vérité et en image :

La souffrance et la mort sont horribles à voir.

Dans les conflits politiques l'on voit souvent

Atridem, Priamumque, et saevum ambobus Achillem
Le fier Agamennom, Priam le Sourcilleux
Et le vaillant Achille, ennemi de tous deux.

Ep. cvi. — Si le *bien* est un *corps*, ce problème
de rhéteur se résout par l'affirmative, car les
vertus sont des *biens* ainsi que ce qui vient
d'elles puisque le corps peut en être touché.

Tangere enim et tangi, nisi corpus, nulla potest res.
Le corps seul peut toucher et peut être touché.

Ep. cvii. — Il ne faut pas être délicat pour
vivre dans le monde. On y est choqué. Il faut
donc se souvenir que l'on est venu

Luctus et ultrices posuere cubilia Curae,
Pallentesque habitant Morbi, tritisque Senectus,
Où demeurent le deuil, le souci, la tristesse,
La mourante langueur et la froide vieillesse.

Il faut donc suivre sans murmure les ordres de
Dieu et lui parler comme Cléanthe faisait à Jupi-

ter en ces beaux vers, que Sénèque traduit en latin comme il suit :

Duc me, parens, celsique dominator poli
Quocumque placuit ; nulla parendi mora est ;
Adsum impiger. Fac nolle, comitabor gemens,
Malusque patiar, quod pati licuit bono,
Ducunt volemtem fata, nolentem trahunt.

Père de l'Univers, dominateur des cieux
Mène-moi, je te suis, à toute heure, en tous lieux ;
Rien ne peut arrêter ta volonté fatale :
Que l'on résiste ou non, ta puissance est égale.
Tu te fais obéir ou de force ou de gré
Les âmes des mutins te suivent enchaînées
Que sert-il de lutter contre ses destinées ?
Le sage en est conduit, le rebelle entraîné [*].

A propos des ces vers, il y a lieu de constater d'abord une erreur de l'édition des Grands Ecrivains (Tome VIII, p. 484) qui les attribue à *Ciceron* alors que Sénèque dit formellement, en parlant des vers de Cleanthe.

Quos mihi in nostrum sermonem mutare permittitur, Ciceronis, dissertissimi viri, exemplo. Si placuerint, boni consules ; si displicuerint, scies me in hoc sequentem Ciceronis exemplum.

Ces beaux vers que *je tournerai* en notre langue, à l'exemple de Cicéron, personnage très éloquent. S'ils vous agréent, à la bonne heure, sinon vous vous souviendrez que je marche sur les pas de Ciceron.

Pour le reste je ne puis que reproduire ici ce que j'ai écrit (p. 12, 13-14) dans mon ouvrage « La Fontaine et Saint-Augustin » puisque La Fontaine a copié sa propre traduction dans Giry.

M. de Lapparent cite quatre vers de la page 500 du premier volume de Giry :

---

[*] L. Giry, *Cité de Dieu*, L. V. Ch. VIII, 1ᵉʳ vol., p. 499.

Juppiter à son gré tourne l'esprit humain.
Nos cœurs sont disposez à tous tant que nous sommes
Aujourd'hui d'une sorte et d'une autre demain
Comme il plaist au Maistre des Hommes.

« Ce dernier trait, dit-il, n'est-il pas comme le paraphe du Bonhomme ? »

Il s'en trouve un autre bien plus concluant que signale aussi *assez rapidement,* M. de Lapparent : ce sont les vers cités par Sénèque dans son *Epître* 107, que l'on retrouve dans la traduction de Pintrel en collaboration avec La Fontaine, et que saint Augustin a cités également dans son livre V, ch. VIII, de la *Cité de Dieu,* en les attribuant à Sénèque : « *nisi fallor* », ajoute-t-il.

Quelques auteurs pensent que les vers cités par Sénèque sont de Cicéron, dans un ouvrage, hélas ! perdu ; aussi n'hésitai-je pas à les reproduire :

> *Duc, summe pater, attique dominator poli**
> *Quocumque placuit, nulla parendi mora est,*
> *Adsum impiger : fac nolle, comitabor gemens,*
> *Malusque patiar facere quod pati licuit bono,*
> *Ducunt volentem fata, nolentem trahunt.*

Et voici la traduction aussi littérale que possible que j'en ai faite pour permettre l'appréciation de celles de La Fontaine qui suivront :

« Conduis-moi, Père Souverain, Maître du Ciel élevé, partout où il te plaira ; point de retard à t'obéir, me voici diligent. Ne pas le faire c'est

---

* Il faut remarquer que ce premier vers de la traduction Giry n'est pas identique à celui des Epistres.

vouloir t'accompagner en gémissant, et malheureusement, faire en souffrant ce que je pouvais
faire en joie. Je veux, le destin, me conduit, je
refuse, il m'entraîne *. »

Pour la traduction de la *Cité de Dieu,* La Fontaine débute ainsi :

Père de l'Univers, dominateur suprême,
   Qui te fais un trosne des cieux
   Et du soleil un diadème,
Meine moy, je te suis à toute heure, en tous lieux...**

et la suite.

Pour celle de Pintrel, qui s'applique à un livre
moins sacré, nous l'avons ci-dessus.

La traduction est vraiment jolie et assez fidèle;
et la comparaison des textes dans les deux ouvrages enlèverait tous les doutes si vraiment il
avait pu y en avoir.

Ep. cviii. — Il est aisé de porter des auditeurs
à l'amour de ce qui est juste. Il en est ainsi dans
les théâtres où vous voyez toujours applaudir ces
vers.

   Desunt inopiae multa, avaritiae omnia.
   In nullum avarus bonus est, in se pessimus.

que La Fontaine traduit assez médiocrement.

   S'il manque à l'indigent l'avare se plaint tout.

L'édition Nisard offre deux vers bien meilleurs:

Le pauvre a cent besoins, mais tout manque à l'avare
L'avare, dur à tous, poar lui-même est barbare.

---

* « Les destinées mènent celui qui consent, tirent celuy qui refuse. » Rabelais, L. V., Ch. 37.
  ** L. Giry, *Cité de Dieu,* L. V., Ch. viii, 1ʳ vol., p. 499.

De même, au lieu de grands discours pour persuader aux hommes que leurs richesses consistent dans la grandeur de leur âme, il est préférable de leur réciter ces deux vers :

Is minimo eget mortalis quid minimum cupit.
Quod vult, habet, qui velle quod satis est potest.

que La Fontaine, négligeant encore un vers, a traduit ainsi

Qui sait vivre de peu, n'a disette de rien

il est vrai que le second vers latin dit la même chose que le premier

Qui peut vouloir ce qui est assez a ce qu'il veut

ou :

Qui ne veut rien de trop a le souverain bien.

Il importe de ne pas transformer la philosophie en philologie. On comprend un grammairien qui, avec intention particulière, lit ce vers de Virgile :

... *Fugit irreparabile tempus.*
Le temps fuit, et jamais ne se peut rappeler.

Ce qu'il remarque lui c'est le mot *fuit* et non la pensée philosophique :

Optima quaeque dies miseris mortalibus aevi
Prima fugit : subeunt morbi, tristisque senectus,
Et labor ; et durae rapit inclementia mortis.

La plus belle saison *fuit* toujours la première
Puis la foule des maux amène le chagrin,
Puis la triste vieillesse, et puis l'heure dernière
Au malheur des mortels met la dernière main.

Et Sénèque insiste : Celui qui veut être philosophe rapporte ces mêmes vers à la fin qu'il prétend : oui, la plus belle saison de notre vie passe la première ; et il analyse ainsi les vers de la strophe chacun à son tour. Mais revenant au rôle du grammairien, et reprenant ses observations sur *les mots* employés jadis et alors, il examine deux vers d'Ennius adressés à Scipion.

...Cui nemo civis neque hostis
Quivit pro factis reddere operae pretium
A qui jamais l'ami ni l'ennemi
N'a pu payer le bienfait qu'à demi.

où *opera* (labeur) signifiait au temps passé *auxillum* (secours) (bienfait) et il passe à un vers de Virgile

... Quem super ingens
Porta tonat caeli...
Sur lui tonne du ciel la grande et vaste porte.

où le mot *Porta* a été emprunté par Virgile à Ennius, et par celui-ci à Homère.

Si fas endo plagas caelestum ascendere cuiquam ;
Mi soli caeli maxima porta patet.
Si quelqu'un peut entrer dans le séjour des dieux
La vaste porte des cieux
A moi seul s'ouvrira.

Ep. cx. — Le plus grand malheur pour un homme c'est de ne pas avoir la paix avec soi-même. On craint des choses fugitives, comme le dit Lucrèce.

Num veluti pueri trepidant, atque omnia caecis
In tenebris metuunt ; ita nos in luce timemus.
L'homme a peur en plein jour comme un enfant la nuit.

Ep. cxiii. — Certains philosophes font croire à tous que nous exerçons nos esprits en choses vaines, comme par exemple lorsqu'on agite cette question si *l'âme est un animal*. Alors on en dirait autant d'un vers, s'il s'y trouve du bien, tout bien étant animal : comme dans celui-ci

Arma virumque cano
Je chante un héros et la guerre

(On voit par ces légers exposés à quelles subtilités de rhéteur se livrait souvent Sénèque dans ses Lettres).

Ep. cxiv. — Le langage des Hommes est en rapport avec leurs mœurs. Tel Mécénas dont Sénèque cite des vers que Pintrel et La Fontaine n'ont pas traduits en raison des mœurs ! Et La Fontaine l'a traité de *Galant Homme*.[*]

Où l'on aime le langage corrompu, les mœurs sont dépravées.

Il faut donc soigner l'âme, si elle se laisse abattre tout tombe en ruine comme il arrive pour le roi des Abeilles.

Rege incolumi, mens omnibus una est;
Amisso, rupere fidem
Les lois n'ont de pouvoir qu'autant que le roi vit.
(c'est une explication).

Ep. cxv. — Le discours est le miroir de l'âme (Buffon : le style c'est l'Homme même).
Une grande âme est pure et tranquille ; mille vertus s'y reflètent, et elle mérite qu'on lui dise ces paroles de notre Virgile :

---

[*] Voir Edition Nisard, page 873, Col. 2. « A peine peut-on comprendre le sens de ces vers, dont, à défaut d'une traduction, nous hasardons ici, sans le garantir, le simple mot à mot. »

O ! Quam te memorem, Virgo ? namque haud tibi vultus
Mortalis, nec vox hominem sonat. O Dea certe !
Sis felix, nostrumque leves quaecumque laborem !

   Comment t'appellerai-je, en te rendant hommage,
   Princesse ? Car ton port, ta voix et ton visage
   N'ont rien qui ne paraisse au-dessus des humains;
   Mais quelle que tu sois, soulage nos chagrins.

La félicité des grands n'est couverte que d'une feuille de clinquant. Et cependant l'on en est venu à ce point que la pauvreté passe pour un opprobre et que les poètes font l'éloge de l'or.

   Regia solis erat sublimibus alta columnis
   Clara micante auro

   Le palais du soleil porté sur cent colonnes
   Etait tout brillant d'or !

Son char

   Aureus axis erat, temo aureus, aurea summae
   Curvatura rotae, radiorum argenteus ordo

   Il avait l'essieu d'or et le timon aussi
   Les rays étaient d'argent,

Même des poètes tragiques grecs * ont montré assez de personnes abandonnant pour de l'or leur conscience et leur vie.

Sine me vocari peisimum, ut dives vocer.
An dives, omnes quaerimus ; nemo, an bonus.
Non quare, et unde ; quid habeas, tantum rogant.
Ubique tanti quisque, quantum habuit, fuit.
Quid habere nobis turpe sit, quaeris ? Nihil.
Ant dives opto vivere, aut pauper mori.
Bene moritur, qui moritur dum lucrum facit.
Pecunia ingens generis humani bonum,
Cui non voluptas matris, aut blandae potest
Par esse prolis, non sacer meritis parens.
Tam dulce si quid veneris in vultu micat,
Merito illa amores caelitum atque hominum movet.

---

* Pintrel a oublié l'adjectif *grecs*.

Que jo passe pour fourbe, homme injuste et sans foi
Je m'en soucierai peu tant que j'aurai de quoi*
Citoyens, c'est l'or seul qui met le prix aux hommes.
Accumulez, sans fin, mettez sommes sur sommes**
Vous serez honorés. On dit : a-t-il du bien ?
L'on ne demande pas d'où, ni par quel moyen.
Il n'est point d'infamie à l'indigence égale :
Arrivons, s'il se peut, à notre heure fatale
Etendus sur la pourpre, et non dans un grabat :
Toute vie est cruelle en ce dernier état.
L'opulence adoucit la mort la plus terrible.
Qu'aux nœuds du *parentage**** un autre soit sensible;
Pour moi, j'enferme tout au fond de mon trésor.
Si les yeux de Vénus brillent autant que de l'or
Je ne m'étonne pas qu'on la dise si belle,
Que tout lui sacrifie et soupire pour elle
Qu'ainsi que les mortels, les dieux soient ses amants.

L'on retrouve bien ici tout le tempérament poétique de La Fontaine.

Ep. cxix. — Il faut mesurer toutes choses aux désirs de la nature. Point de luxe. Pas même pour la table.

> *Num tibi, quum fauces urit sitis, aurea quaeris*
> *Pocula? num, esuriens, fastidis omnia. praeter*
> *Pavonem rhombumque?*

Pour éteindre la soif quand elle est bien ardente
Demandons-nous à boire en un vase de prix?
Et pour rassasier la faim qui nous tourmente
Faut-il n'avoir recours qu'aux mets les plus exquis?

La Fontaine n'a traduit qu'imparfaitement.

Ep. cxx. — Le vrai est permanent, le faux est sans durée. Il en est ainsi des caractères qui

---

* Voir G. E. L. F. T. iv, p. 464 et note 2.
** G. E. L. F. Fables. T. iv, 20 : xii, 3.
*** G. E. L. F. T. iii, p. 17. noté 18.

flottent entre la vertu et le vice et dont Horace
a fait le portrait.

> *... Habebat saepe ducentos,*
> *Saepe decem servos : modo reges atque tetrarchas.*
> *Omnia magna, loquens ; modo : « Sit mihi mensa tripes, et*
> *Concha salis puri, et toga quae defendere frigus,*
> *Quamvis crassa, queat ! » — Decies centena dedisses*
> *Huic parco, paucis contento ; quinque diebus*
> *Nil erat in loculis*

> Tantôt deux cent valets paraissent à sa suite,
> Puis à dix seulement on la trouve réduite.
> Il ne parle tantôt que de grands et de rois
> En termes relevés, et compte leurs exploits ;
> Puis, changeant tout à coup de style et de matière :
> Je ne veux rien, dit-il, qu'une simple salière,
> Une table à trois pieds, du *bureau* seulement *
> Pour me parer du froid, sans aucun ornement.
> A ce bon ménager, si modeste en paroles
> Donnez, si vous voulez, un plein sac de pistoles
> Vous serez étonné, l'oyant ainsi prêcher,
> Qu'il n'aura pas la maille avant que se coucher **

L'on retrouve là, l'ami d'Horace, et cette traduction est exquise.

Ep. cxxii. — Sénèque raille ceux qui font du
jour la nuit, les invertis, et la crapule comme dit
Virgile

> *Nosque ubi primus equis Oriens afflavit anhelis,*
> *Illic sera rubens accendit lumina vesper*

Vesper leur apparaît quand nous voyons l'aurore.

Mais c'est être près du tombeau que de vivre à
la lueur des torches et des flambeaux. L'on a
vu des poètes vivant ainsi mêler tout dans leurs

---

* Voir G. E. L. F. T. viii, p. 482.
** Voir G. E. L. F. C., iv, p. 130, note 1.

vers, le lever et le coucher du soleil, ennuyer par
la longueur de leurs récits, si bien qu'on ne sait
s'ils sont prêts à s'endormir quand ils chantent.

> *Incipit ardentes Phaebus producere flammas*
> *Spargere se rubicunda dies ; jam tristis hirundo*
> *Argutis reditura cibos immittere nidis*
> *Incipit, et molli partitos ore ministrat.*

Le jour dorait déjà le sommet des montagnes
Déjà les premiers traits échauffaient les campagnes
L'hirondelle, cherchant pâture à ses petits
Sortait, rentrait au nid, attentive à leurs *cris* [*].

ou prêts à s'éveiller lorsqu'ils montrent

> *Jam sua pastores stabulis armenta locarunt*
> *Jam dare sopitis nox nigra silentia terris*
> *Incipit*

Les bergers ont enfin renfermé leurs troupeaux
La nuit couvre la terre et s'épand sur les eaux.

Ep. cxxiv. — Sénèque sait que les questions si
subtiles qu'elles soient ne rebutent pas Lucilius ;
aussi lui dit-il :

> *Possum multa tibi veterum praecepta referre,*
> *Ni refugis, tenuesque piget cognoscere curas.*

Je puiserai pour vous chez les vieux écrivains,
Ecoutez seulement leurs préceptes divins ;
Soyez-leur attentif, même aux choses *légères*
        Rien chez eux n'est léger.

Et pour terminer avec Sénèque ces extraits,
dans cette dernière lettre, on trouve, pour ainsi
dire, un résumé de toute sa philosophie :

---

[*] Les Grands Ecrivains. T. iii, p. 37.
    La sœur de Philomèle, attentive à sa proie
    Malgré le bestion happait mouches en l'air,
    Pour ses petits, pour elle, impitoyable joie,
    Que ses enfants gloutons, d'un bec toujours ouvert
    D'un ton demi formé, bégayante couvée,
    Demandaient par des cris encor mal entendus.

« Vous me demanderez maintenant à quoi sert toute cette dispute, et quel profit vous en pouvez tirer. Elle exerce et subtilise l'esprit en fournissant à son activité une honnète occupation... Faire connaître votre bien, vous séparer des bêtes, et vous loger avec Dieu.. Le bien ? C'est une âme rectifiée, pure et nette qui s'élève au-dessus de la terre, qui veut imiter Dieu. L'homme est un animal raisonnable. C'est une raison parfaite ! Portez-la au plus haut point où elle puisse monter, et croyez-vous heureux quand vous verrez vos plaisirs naître du fond de votre âme... »

ANNEXE A

RENSEIGNEMENTS SUR LA FAMILLE PINTEREL OU PINTREL

Dans la *Vie de Jean de la Fontaine* (p. 61), M. Roche parlant de la famille du poète dit « les « Pintrel, famille nombreuse (où l'on se perd) sont alliés, sans aucun doute. On cite toujours comme un parent le traducteur de Sénèque Pierre Pintrel, gentilhomme de la Grande Vénerie (c'était Anthoine) » et il ajoute, en note** « Arch. de l'Aisne (St E.) Ces Pintrel sont innombrables. — Remarquons qu'en 1696, une déposition de Boileau (?) indique deux Pintrel comme cousins germains de Racine. »**

Cela ne doit plus nous étonner depuis que j'ai signalé le mariage, à La Ferté Milon, de Catherine Racine avec Ogier Pinterel.

Je n'ai pas essayé d'établir absolument les filiations des Pinterel ou Pintrel (car les deux orthographes sont employées, la première plus fréquemment). J'ai donc donné les renseignements ci-dessous soit d'après mes recherches, soit d'après celles de feu M. Velly ** de Chateau-

----

* On trouve un Pierre Pintrel, hôtelier à la Ferté Milon, tenant le relais de Poste de Reims à Paris, et Philippe Pintrel, maître de Postes en la même ville. Il y en avait aussi à Reims.

** Correspondance avec M. Velly. Sa Lettre du 14 Avril — ma lettre du 23 Avril — sa réponse du 25 — ma carte du 26. (Notes envoyées en communication).

Thierry avec lequel j'avais poussé ces investigations.

Je numérote simplement les Pintrel en suivant l'ordre des années où je trouve des documents.

1 — Parmi les personnages notés dans le document du 23 août 1532 on voit : Gilles Petit, receveur ordinaire pour le roy ;

Me Nicole Morguival, licencié en lois, Lieut. sur le fait des eaux et forêts ;

Blaise Marteau, maître sergent de la forêt de Rys ;

Nicolas Thierry, greffier desdits Eaux et Forêts ;

Pierre Vitart, greffier du lieutenant procureur de Chaury ;

Charles Demetz, tabellion à Chaury ;

Pierre Le Dieu, fermier des « deffaulx » exploits et amendes de la Prévôté de Chaury ;

Jeahan Balhan, dit Petit, commis à la Recette du receveur des Aydes ;

Jehan Lebreton, grenetier à Chaury.

Pierre Boulay, sergent royal à Chaury*

2 — Jean Pintrel, propriétaire de la Maison du Mouton d'Or, sur laquelle se trouvait le beffroi avec sa cloche. Ce n'est point ici le lieu de donner les curieux détails concernant ces derniers. Le beffroi était resté propriété communale. Il y eut des contestations entre Jean Pin-

---

* Annales de la Société archéologique et historique de Château-Thierry, 1882.

trel et Château-Thierry liquidées par une transaction, en 1678, par laquelle ledit Pintrel cédait à perpétuité la propriété et la jouissance de l'horloge à la ville sous certaines conditions*. (Voir le 5 ci-dessous).

3 — Anthoine Pintrel, père d'un Ogier Pintrel, qui, en 1684, « escuyer, seigneur de Gerberry et d'Etampes, gentilhomme servant ordinaire du Roi, fit baptiser une fille ; il en fut parrain. Lorsqu'il mourut, on inscrivit cette mention sur le Registre paroissial d'Etampes.« Après avoir été confessé et reçu le St Viatique et le sacrement de l'Extrême-Onction, son corps a été enterré en haut et milieu du chœur, au-dessous de la porte des balustres, le septième jour suivant nous l'avons porté avec les cérémonies accoutumées et selon ses instructions ». Suivent les signatures : P. de Gerberry, P. de la Grange, P. de Montoury, P... Pons de Sapincourt (curé). Sur la pierre tombale on lit la date de sa mort.

Acquit la maison et le banc d'église de La Fontaine en 1676.

L'église d'Etampes renferme également la tombe de son fils, Ogier Pinterel qui mourut le 5 Octobre 1708, âgé de 54 ans, donc né en 1644.

4 — Oger Pintrel, premier fils du mari de Catherine Racine, figure en 1640-1643 dans des déclarations d'immeubles au terrier de Coupru.

* Annales, 1870.

comme président au siège Présidial de Château-Thierry[*]. Il figure aussi comme parrain, en 1662 d'un enfant de noble homme Begoin, seigneur de Brasles.

5 — Jehan Pinterel était aussi seigneur de Villeneuve-sur-Fère, en 1654. Il avait pour femme Anna Payen[**].

Le 30 mars 1656, baptême de Jeanne-Marguerite, leur fille ; le parrain est Ogier Pinterel, conseiller du Roi à Château-Thierry — le 18 juin 1657, baptême de Marie — 9 septembre 1659, baptême de Jehan, marraine Marie Genart, femme de Pierre Pinterel. Il mourut le 18 mai 1841 inhumé dans l'église de Villeneuve, où sa pierre tombale existe encore — 23 novembre 1662, baptême de Marie, parrain Ogier Pinterel — 28 janvier 1664, baptême d'une fille dans la maison par la sage femme — elle était morte. — 1665, baptême de Catherine-Antoinette ; parrain J.-Baptiste Pinterel, et marraine Marie Pinterel — le 7 janvier 1670, baptême d'Oger Pinterel.

6 — Marie Pinterel, mariée, 1682, à Gabriel-François Davaine, écuyer et ancien premier lieuteant-général civil et criminel au Baillage et Siège présidial de Senlis.

7 — Oger Pintrel, seigneur de La Loge, tré-

---

[*] Document B. 3067 des Archives départementales de la Préfecture de l'Aisne. (Lucien Broche, archiviste).

[**] C'est lui qui acheta la Maison du Mouton d'Or, notes de M. Velly, recherchées dans les archives de Villeneuve.

sorier payeur du Roy de la généralité de Soissons en 1691.

8 — 4 Avril 1695. Baptême de Catherine, fille d'Ogier Pinterel, écuyer, gentilhomme ordinaire du Roy, seigneur d'Etampes, et de Catherine de la Pierre. Parrain Anthoine, le grand'père mort en 1699*

9 — 12 mai 1705, Louis Pinterel, procureur à Château-Thierry est parrain à Brasles avec Anne Geneviève Delau, femme de François Pinterel de la Grange, président au Présidial de Château-Thierry**.

10 — 16 mars 1713. Inhumation d'Antoinette Pinterel, dame de Brasles, veuve de Charles Beguin**.

11 — 2 février 1722. Pinterel de Biez, seigneur de la Paroisse est parrain**.

12 — A la fin du registre de 1732, on mentionne le décès à Paris, au mois de juin de René Pinterel de Biez, président de la Cour des Nonnains, successeur à la seigneurie de Brasles de dame Antoinette Pinterel du Mesnil (ci-dessus) qui, elle-même, avait remplacé Antoinette Béguin, veuve de Messire Fleury des Biez**.

13 — En 1734, et le 21 septembre 1749 on trouve Jean-Maurice Pinterel de Louverny, seigneur d'Etampes, Chierry et autres lieux, Conseiller du Roy, Premier Président et Lieutenant-général du Baillage de Chaury, et cela jusqu'en

---

* Etat-Civil d'Etampes.
** Etat-Civil de Brasles.

1775. A partir de cette date, les mots « seigneurs d'Etampes et Premier Président » ne figurent plus parmi ses titres. (Notes Velly). (Voir 13 bis).

13 bis — Le 5 novembre 1758, il a un différend retentissant avec les Maires et échevins de la ville de Château-Thierry*.

14 — 19 avril 1735. Décès d'Antoine Oger Pinterel, sergent des dits lieux, enterré dans le chœur de l'église « auprès du pilier où est attaché l'épitaphe de sa famille »**

15 — Avril 1741. Inhumation à Paris, d'Oger Pinterel du Biez, successeur de René Pinterel du Biez de la seigneurie de Brasles**.

16 — 23 décembre 1745. Un extrait de jugement rendu par Pinterel de Louverny, lieutenant-général de Château-Thierry, rectifie un acte de l'Etat civil de la commune d'Etampes du 27 décembre 1699 (Marie-Jeanne, fille de Nicolas Barbier) ***.

17 — 29 janvier 1747. Pinterel de Varolles, marguillier d'honneur à Etampes **.

18 — 1767-1768. Ordonnances de rejet de taille, de réimposition de taxes d'office ou de renvoi aux commissaires-vérificateurs rendues par l'Intendant de Soissons sur requêtes à lui présentées par Marie-Anne-Geneviève Pinterel, fille de feu Louis Pinterel, procureur du roi pendant 55 ans au baillage de Château-Thierry****.

* Annales, 1882, p. 64.
** Etat-Civil d'Etampes.
*** Etat-Civil de Brasles.
**** Archives de l'Aisne, C. 240.

19 — 1778. Baux de terres et prés consentis par l'abbaye d'Essommes à Ogier Pinterel, lieutenant du bailli à Vitry*

20 — 1783-1786. Rôles et comptes de la capitation de l'Election de Château-Thierry. Ordonnance de modération rendue par l'Intendant de Soissons en faveur d'Adam Pierre Pinterel de Louverny, Lieutenant-Général du Baillage et siège Présidial de Château-Thierry **

21 — Baux faits par Oger-Charles-Isidore Pinterel de Neufchâtel et Gabriel-François de Manneville, chevalier, seigneur de la Croix, conseiller au Parlement de Paris, de terres sises à La Croix***

22 — 24 mars 1789. Mardi. L'assemblée électorale des Trois Ordres du Baillage de Château-Thierry se réunit pour élire ses députés aux Etats Généraux ; les noms qui sortirent de l'urne furent pour le Tiers-Etat, M. Adam-Pierre Pinterel de Louverny, (Voir ci-dessus) etHarmand, avocat audit baillage****.

Nous donnons ci-dessous, d'après les renseignements et le dessin qu'à bien voulu nous communiquer M. Riboulot, l'actuel président de la Société Archéologique et Historique de Château-Thierry.

---

* Archives de l'Aisne, H 1318.
** Archives de l'Aisne, C. 261.
*** Archives d'Etampes, E. 253.
**** Abbé Poquet, T. ii, p. 216-218.

} Je dois ces renseignements à M. Villy et à l'aimable M. Lucien Broche, qui les a vérifiés.

1° *Les armoiries des Pinterel* (surmontées d'attributs de fantaisie : heaume et lambrequins que les bourgeois mi-seigneurs de la région, avaient pris l'habitude d'utiliser à tort)*

2° *une inscription de la pierre tombale** d'Anthoine Pinterel.*

D. O. M,
CY GIT ANTOINE
PINTEREL, ÉCUYER
SEIGN^r D'ESTAMPES
ET DE CHIERRY,
GENTILHOMME DE
LA GRANDE VENERIE
DU ROY, DÉCÉDÉ LE
6° DECEMB. 1699
PRIÉS POUR SON AME.

3° Il y avait aussi une inscription libellant une fondation par ce même Antoine Pinterel de deux messes devant être dites le jour anniversaire de sa mort et le jour anniversaire (5 novembre) de la mort de sa femme, Dame Marie Cousin.

----

*Elles furent particulièrement employées par Jean Pinterel, seigneur de Montoury et de Villeneuve-sur-Fère, Exempt des Gardes du Corps du Roy, et peuvent être ainsi libellées :
D'azur à un chevron d'or, accompagné au chef, de deux tours de sable, et, en pointe, d'un lion rampant, de même.

** Annales de 1888 de la Société Archéologique de Château-Thierry (p. 107 à 113). Article relatif aux « Inscriptions de l'église d'Etampes-sur-Marne ».

RENSEIGNEMENTS COMPLÉMENTAIRES
SUR LES ÉDITIONS DES ÉPISTRES DE SÉNÈQUE *

A

Les épistres de Sénèque traduites par Mre François de Malherbe, gentilhomme ordinaire de la Chambre du Roy.

A Paris, chez Anthoine de Sommaville, au Palais, dans la petite salle, à l'Escu de France, 1645.

19 pp. de dédicaces, préfaces, privilège + 670 pages.

Se termine par l'épistre xci. Bibl. Nat. [Z. 13780].

B

Les Epistres de Sénèque... A Lyon, chez Christofle Fourmy.

Premirère partie. 1663. 372 p. et tables. Epitres 1 à 49.

Seconde partie. 1663. 390 p. et tables. Epitres 50 à 81.

Troisième partie. 1663. 406 p. et tables. Epitres 82 à 89.

Bibl. Nat. [Z. 13781-83].

C

Suitte des épistres de Sénèque traduittes par P. Du-Ryer.

* Je dois ces renseignements à la grande amabilité de M. de la Roncière, Directeur des Imprimés à la Bibliothèque Nationale, et de ses Collaborateurs qui se sont mis à ma disposition avec une bonne volonté à laquelle je ne saurais trop rendre hommage.

A Paris, chez Antoine de Sommaville, au Palais, dans la Salle des Merciers, à l'Escu de France. 1654.

Contient les épistres xcii à cxxiv.

Dans la préface, on lit : « Il eut été plus avantageux pour vous et pour moy, que feu M. de Malherbe eut fait une traduction entière de ces merveilleuses lettres... et je ne me serais pas mis au hasard de mal achever un Tableau qu'un si grand homme avait si bien commencé... »

Il existe une édition de cette suitte des épistres... traduites par P. du-Ryer, datée de 1647, et dont le privilège du Roi est du 29 juin 1646.

———

La traduction de l'édition B est-elle de Du-Ryer ?

L'épitre i est de la traduction de Malherbes.

L'épitre xci également.

L'épitre xcii est de la traduction de Du-Ryer.

L'épitre xcix également.

———

Il y a donc un rapport entre les traductions Malherbe et Du-Ryer : Le second a poursuivi la traduction entreprise par le premier, et l'édition de Lyon, 1663, (B), anonyme, a réuni les deux traductions, sans toutefois dépasser l'épitre xcix. (du moins dans l'exemplaire de la Bibl. Nationale).

Il serait prudent de confirmer, par une confrontation minutieuse des trois traductions, ces conclusions tirés d'un examen rapide.

———

La Bibliothèque Nationale possède les éditions suivantes de la traduction par Joseph Baillard des Lettres de Sénèque à Lucilius :

Lettres de Sénèque à Lucilius. Lettres ı à xvı...

Paris 1890 in-16

— 1893 —

— 1900 —

Choix de lettres morales de Sénèque à Lucilius.

Paris 1869 in-12

— 1873 —

———

La Grange a publié à Tours, an ııı (1795), une traduction des œuvres de Sénèque, en 7 vol. in-8°, puis, à Paris, en 1819, une édition et traduction des Œuvres complètes en 13 vol. in-16.

Les Lettres choisies... à Lucilius n'ont été publiées séparément à Paris qu'en 1864 en un vol. in-12, (avec les notes critiques par Félix Cadet) chez Delalain. Elles ont été rééditées en 1866, 1868, 1870, 1873, 1875. Bibl. Nat. [Z 60763-60768].

ANNEXE B

Aperçus des idées de Sénèque

L'on se propose de montrer rapidement, ci-dessous, quelles étaient les idées générales de Sénèque, de donner quelques exemples de sa manière d'écrire, et de faire entrevoir combien il est encore près de nous. Sauf avis contraire (—) les traductions sont de Pintrel. Les N^{os} en chiffres romains indiquent les Lettres auxquelles ont été empruntées les citations.

D'abord l'on remarque que Sénèque le stoïcien, dans ses premières lettres, aime à citer Epicure et quelques autres auteurs.

— « Pour m'acquitter de la rente que je vous dois, je vous dirai ce qui m'a plu aujourd'hui dans Hécaton » (vi).

— « Mais afin qu'on ne m'impute pas de n'avoir rien appris aujourd'hui que pour moi seul je vous communiquerai... (vii).

— « Pour payer la dette de cette lettre... hæc epistola in debitum solvet...

Sed ut more meo cum aliquo munusculo epistolam mittam.	— Mais enfin que, selon ma coutume, j'accompagne cette lettre d'un petit présent. (x)

Sed jam debeo epistolam includere. Sic, inquis, sine ullo ad me peculo veniet ? Noli timere ; aliquid secum feret ! Quare aliquid dixi ? Multum.

Mais il est temps de finir cette lettre. Quoi, direz-vous ? Viendra-t-elle sans quelque régal ? — Ne vous mettez pas en peine; elle portera quelque chose avec soi. Mais que dis-je, quelque chose? Je dis beaucoup de choses (xii).

Sed jam finem eptistolæ faciam, si illi signum suum impressero.

Mais je ne puis finir cette lettre sans y mettre le cachet (xiii).

On conçoit que Sénèque veuille ainsi bien indiquer qu'il écrit de *vraies lettres* à Lucilius...

Voici maintenant indiquées les idées de Sénèque.

SUR DIEU

Quod scire hominem nolunt Deo narrant... Sic vive cum hominibus tanquam Deus videat : sic loquere cum Deo, tanquam homines audiant.

Ils disent à Dieu ce qu'ils ne voudraient pas dire à un homme,... Vivez avec les hommes comme si Dieu vous regardait et parlez à Dieu comme si les hommes vous écoutaient. (x)

Deum colit, qui novit... Quidni ? ipse humano generi ministrat; ubique et omnibus præsto est...

On honore Dieu en les connaissant... N'est-ce pas lui qui sert tout le genre humain et qui prête son assistance en tous lieux et à tout le monde...

Nunquam satis profectum erit nisi qualem debet Deum mente conceperit, omnia habentem, omnia tribuentem, beneficium gratis dantem.

Jamais on ne sera suffisamment instruit si l'on ne comprend, comme on doit, la grandeur de Dieu, qu'il possède tout, qu'il donne tout, et que ses libéralités sont gratuites. (xcv)

SUR L'AME

Hoc quidem certum habe : si superstes est corpori, propter illud nullo genere mori posse, propter quod non perit. Quoniam nulla immortalitas cum exceptione est, nec quidquam noxium æterno est.

Mais tenez pour certain que si l'ame vit après le corps, elle ne peut périr en aucune manière, ne périssant point avec lui. Ce qui est immortel l'est sans aucune exception, et rien ne peut nuire à ce qui est éternel. (LVII)

Quem in hoc mundo locum Deus obtinet, hunc in homine animus.

Le rang que Dieu tient dans le monde, notre âme doit le tenir dans l'homme. (LXV)

Belle conduite de Scipion :

Animum quidem ejus in cœlum, ex quo erat, redisse persuadeo mihi.

Pour son âme je suis persuadé qu'elle est retournée au ciel d'où elle était venue.

SUR LES IDÉES

Il y a les idées : *Propria Platonis supellex* (le bagage propre de Platon) que Pintrel traduit : C'est un meuble propre à l'usage de Platon

Hae immortales, immutabiles, inviolabiles sunt.

Elles sont immortelles, immuables, inviolables.

SUR LA VIE ET LA MORT

Nemo quam bene vivat, sed quam diu, curat.

Personne n'a soin de bien vivre, mais seulement de vivre longtemps. (XXII)

Quotidie morimur, quotidie enim demitur aliqua pars vitae.

— Nous mourons tous les jours, parce que nous perdons tous les jours une portion de notre vie.

Sic ultima hora, qua esse desinimus non sola mortem fecit, sed sola consummat.

...de même ce n'est pas la dernière heure qui fait la mort, mais celle qui l'accomplit.

Je préfèrerais : de même l'heure ultime où nous cessons de vivre à elle seule ne fait pas la mort mais elle seule la consomme. (l'accomplit) (xxiv).

— Nous ne craignons pas la mort, mais seulement l'idée de la mort (xxx).

— Il faut toujours penser à la mort pour ne la craindre jamais (xxx).

Nec infantes, nec pueros, nec mente lapsos, timere mortem.

Les petits enfants, les jeunes, les fous ne craignent pas la mort. (xxxv)

— Tout finit, rien ne périt. La mort fait cesser la vie pour un temps, mais elle ne l'ôte pas ; un jour viendra qui nous remettra dans le monde (*qui nos in lucem reponat*) où bien des gens ne voudraient pas rentrer s'ils se souvenaient d'y être venus (*nisi oblitos reduceret*).

Omnia quae videntur perire mutari... Æquo animo debet rediturus exire.

On doit donc s'en aller sans regret quand on s'en va pour revenir. (xxxv)

L'ÉLOGE DU SUICIDE

— Vous allez à la mort depuis le jour de votre naissance. (iv).

Il faut apprendre à mourir. Epicure le dit et Sénèque ajoute :

Qui mori didicit, servire dedidicit supra omnem potentiam est, certe extra omnem. Quid ad illum carcer et custodia et claustra ? liberum ostium habet. Una est catena quae nos alligatos tenet, amor vitae.

Celui qui sait mourir ne sait plus servir (il est au-dessus de toute puissance et au-delà de tout). Qu'est-ce que les chaînes et les prisons peuvent contre lui? puisqu'il a toujours une porte libre. Il n'y a qu'une chaîne qui nous tient captifs, c'est l'amour de la vie (XXVI).

Est-il bon de fuir l'extrémité de la vieillesse et d'avancer sans fin sans attendre qu'elle arrive:

Et finem non opperiri sed manu facere.

At, si inutile ministeriis est corpus, quidni oporteat educere animum laborantem.

Mais si le corps devient inutile à toute sorte d'emplois, pourquoi ne pas délivrer l'âme qui souffre en sa compagnie? et de bonne heure, de peur qu'on ne le puisse plus faire lorsqu'il sera temps de le faire.

Plutôt mourir bientôt que vivre misérablement. Et Sénèque déclare que si la vieillesse vient à ébranler son esprit, à altérer ses fonctions, s'il ne lui reste qu'une âme destituée de raison, il délogera de cette maison, la voyant ruinée et prête à tomber.

Ex ædificio putrido ac ruenti. (LVIII).

Il revient sur le suicide (E. LXX et E. LXXII).

Bene mori, an male ad rem pertinet.

Il importe de mourir bien ou mal.

Je choisirai, dit-il, la plus douce mort pour sortir de la vie.

Nous n'avons que nous seuls à contenter dans la manière de mourir.

Optima est, quœ placet. (La meilleure est celle qui plaît), et l'on dirait que Sénèque a prévu sa fin où il s'ouvrirait les veines* et le suicide par la *faim* et l'eau chaude (LXXVII). Mais la plus vilaine mort est préférable à la plus éclatante servitude, et, plus loin il ajoute :

Ille vir magnus est, qui mortem sibi non tantum imperavit, sed invenit.	C'est être *galant homme* que de se condammer à la mort et de savoir après la rencontrer.

Malgré le *galant homme*, qui est bien de son époque, Pintrel a mal traduit :

Celui-là est un grand homme qui non seulement s'est condamné à mort, mais encore se la donne.

SUR LA PHILOSOPHIE

Neminem posse beate vivere, ne tolerabiliter quidem, sine sopientæ studio.	L'on ne peut vivre heureusement, non pas même commodément, sans l'étude de la Sagesse (XVI).

La vraie noblesse est dans la philosophie, elle ne choisit et ne rebute personne. Elle ne considère pas l'extraction ; tous les hommes sont issus des dieux.

Non facit nobilem atrium plenum fumosis imaginibus. *Animus facit nobilem cui ex quacumque conditione supra fortunam licet sugere.*	Un vestibule rempli de portraits enfumés ne fait point l'homme noble... C'est la disposition de l'âme qui rend l'homme noble, puisque de quelque condition qu'il soit, elle peut l'élever au-dessus de la fortune.

---

* *Les Œuvres de Sénèque*, Firmin-Didot, page 656, Col. 1.

Il faut cultiver la sagesse car

Nullum telum in corpore ejus sedet; munita est solida : quædam defatigat et velut levia tela laxo sinu eludit. Quaedam discutit, et in eum usque, qui miserat, respuit.

Elle est ferme et solide, il n'y a point de trait qui la puisse entamer. Elle rompt les coups les plus légers en leur présentant le sein, et renvoie les autres contre ceux mêmes qui les ont tirés. (XLIV).

SUR LA CONSCIENCE

— Le souverain bien ne va point chercher du secours du dehors, il règne chez soi, il procède entièrement de soi. Et le Sage:

In se reconditur, secum est :

Se retire dans soi-même et se tient compagnie.

— Est heureux celui qui a tout son bien en lui-même.

— Stilpon à Démétrius qui lui demandait ce qu'il avait perdu

(Capta patria, amissis liberis, amissa uxore...)

« *Omnia, inquit, bona mea mecum sunt !* » *Ecce vir, fortis ac strenuus ! ipsam hostis sui victoriam vicit ».*

« Tous mes biens sont avec moi ! » O l'homme fort et généreux. Il a triomphé de la victoire de son ennemi.

Je trouve que : il a vaincu son propre vainqueur, serait mieux (IX).

Quid nos decipimus ? non est extinsecus malum nostrum ; intra nos est, in visceribus ipsis sedet.

Pourquoi nous tromper ainsi nous-mêmes. Notre mal n'est point hors de nous ; il est au dedans de nous et dans le fond de notre cœur. (L)

Vaco, mi Lucili, vaco ; et ubicumque sum, ibi meus sum.

Pour moi je suis de loisir et partout où je me trouve, je suis toujours à moi. (LXII)

Quod sentimus loquamur ; quod loquimur sentiamus, concordet sermo cum vita.

Dire ce que nous (sentons) pensons-penser ce que nous disons — Que notre vie soit d'accord avec nos paroles. (LXXV)

— Il faut régler notre vie comme si tout le monde la regardait, et nos pensées comme si l'on pouvait pénétrer au fond de notre cœur (LXXXI).

— La vertu n'est point cachée, et si elle l'est cela ne lui fait pas de tort ; il vient un temps qui la manifeste et qui la venge de la malignité de son siècle (LXXIX).

Quomodo fabula, sic vita : non quam diu, sed quam bene acta sit refert.

Il en va de notre vie comme d'une comédie. On ne regarde pas si elle a été longue, mais si elle a été bien représentée. (LXXVII)

Bona conscientia turbam advocat : mala etiam in solitudine anxia atque sollicita est. Si honesta sunt quae facis, omne sciant ; si turpia, quid refert neminem scire, qum tu scias ?

Une bonne *conscience est* bien aise de paraître en public ; une mauvaise porte son trouble et sa méfiance jusque dans le désert. Si vos actions sont honnêtes, que tout le monde le sache ; si elles sont vicieuses, qu'importe que personne ne les sache, puisque vous les savez. (XLIII).

SUR LA PAUVRETÉ ET LA RICHESSE

— On ne travaille que pour le superflu (IV).

— Qui s'accommode de la pauvreté est riche (IV).

— C'est une imbécillité d'esprit de ne pouvoir supporter les richesses (V).

Is maxime divititis fruitur, qui minime divitiis indiget.	Celui-là jouit parfaitement des richesses qui n'a nullement besoin de richesses (XIV).

— La plus courte voie pour avoir des richesses c'est de les mépriser (LXII).

— On croit toujours perdre ce que l'on ne gagne pas. (CXV).

CONTRE LA GUERRE

Non privatim solum, sed publice furimus. Homœcidia compescimus et singulas caedes : quid bella, et occisarum gentium gloriosum scelus ?	Mais les crimes ne sont plus particuliers, ils sont devenus publics. L'on punit le meurtre qu'un homme fait et que dira-t-on des guerres et de ces massacres que nous appelons glorieux parce qu'ils détruisent des nations entières ? (XCV)

ANNEXE C

De quel côté que je me tourne, je vois des
preuves de mon vieil âge. J'étais venu en ma
maison des champs et je me plaignais de la dé-
pense que l'on avait faite pour rétablir un vieux
bâtiment. La concierge me répondit qu'il n'y
avait point de sa négligence, mais que la maison
était vieille. C'est moi pourtant qui ai fait bâtir
cette maison ! Que m'arrivera-t-il donc si les
pierres de mon âge sont déjà gâtées ? M'étant
fâché contre lui, je pris la première occasion
qui se présenta pour crier. Je vois bien, lui dis-
je, que l'on n'a pas soin de ces platanes ; ils
n'ont point de feuilles, ils sont tout pleins de
nœuds et leurs branches toutes tortues ; voyez
comme le pied est noir et vilain ; cela n'arrive-
rait pas si on bêchait à l'entour et si on les
arrosait. Alors il me protesta qu'il faisait tout
ce qu'il pouvait, et n'omettait aucune chose ;
mais que les arbres étaient vieux ; cependant je
les ai plantés et en ai vu la première feuille :
ceci soit dit entre nous. Après cela, m'étant
tourné vers la porte : « Qui est, dis-je, ce
vieillard décrépit ? On a eu raison de l'avoir
mis auprès de la porte, car je le mettrai bien-

tôt dehors. Où l'as-tu trouvé ? Quel plaisir prends-tu d'amener ici un mort étranger ? » Lui aussitôt : « Ne me connaissez-vous pas, dit-il, je suis le fils de Philosistus, votre receveur ; je suis ce Felicio qui était autrefois votre favori, (*deliciolum tuum*) à qui vous aviez coutume d'apporter de petites images. — Ce bonhomme radote, dis-je ; quelle apparence qu'il ait été mon mignon (*delicium meum*) ? les dents lui tombent ». Enfin, j'ai cette obligation à ma maison qu'elle m'a fait voir partout des marques de ma vieillesse.

EXTRAIT DE L'EPITRE XLI (p. 594).

Vous faites fort bien et utilement pour vous, si vous persistez dans le chemin de la vertu... Il ne faut point lever les mains vers le ciel, ni prier le Sacristain qu'il vous laisse approcher de l'idole, afin que vous puissiez lui parler à l'oreille, car Dieu est près de vous ; il est avec vous, il est au dedans de vous. Oui, mon cher Lucile, je dis qu'il réside au-dedans de nous un esprit-saint (*Sacer Spiritus*), qui observe et qui garde comme un dépôt le bien et le mal que nous faisons ; il nous traite selon que nous l'avons traité. Sans ce Dieu, personne n'est homme de bien ; sans son secours, personne ne se pourrait mettre hors du pouvoir de la fortune. Il donne des conseils hardis et courageux. Il y a certainement un Dieu dans tous les gens de bien : mais qu'est-ce que Dieu ? Nul ne peut le dire.

Si vous passez dans une forêt peuplée de
vieux arbres d'une hauteur extraordinaire, dont
les branches, étendues les unes sur les autres,
vous dérobent la vue du ciel, l'excessive grandeur de cette forêt, le silence du lieu, et cette
ombre si vaste et si épaisse au milieu d'une campagne vous font connaître qu'il y a un Dieu...

EXTRAIT DE L'ÉPITRE LXXXII (p. 700 - 701).

Le repos sans l'étude est une espèce de mort
qui met un homme tout vivant au tombeau...

La fortune n'a pas les mains si longues que
nous pensons ; elle n'attrape que ceux qui
s'approchent trop près d'elle. Retirons-nous en
donc le plus loin que nous pourrons ; mais nous
avons besoin pour cela de la connaissance de
nous-même et de celle de la nature. Il faut savoir où nous devons aller, d'où nous sommes sortis, ce qui est bon, ce qui est mauvais, ce que
l'on doit rechercher, ce que l'on doit éviter ;
quelle est cette raison qui fait le discernement
des choses qui sont à désirer ou à fuir, qui fait
adoucir la crainte et modérer la cupidité.

Il y en a qui se vantent de venir à bout de tout
cela sans le secours de la philosophie ; mais
quand ils sont mis à l'épreuve par quelque dis-
grâce, ils sont contraints d'avouer leur faiblesse,
mais trop tard. Quand le bourreau leur prend la
main, quand la mort se présente à eux, il n'y a
plus de constance ni de fermeté. On leur pourrait

dire : il vous était bien aisé de défier le mal tandis qu'il était loin de vous. (*Facile provocabas mala abstentia*). Voici cette douleur que vous disiez qui était si facile à supporter ; voici cette mort contre laquelle vous parliez avec tant de courage ; on entend claquer les fouets (*sonant flagelli* !) on voit reluire le coutelas (*gladius micat*).

     C'est à ce coup qu'il faut être sans peur
     Et faire voir de la force et du cœur.

Ce sera par une continuelle méditation que vous acquerrez cette fermeté ; ce sera par l'exercice de l'esprit et non point par le choix des paroles ; ce sera enfin par une sérieuse préparation à la mort.

Extrait de l'Épitre cxx (p. 854).

On a vu que cet homme vertueux et parfait ne murmurait jamais contre la fortune, qu'il ne s'attristait point des événements fâcheux, et que, se réputant citoyen et soldat de cet univers, il supportait toutes sortes de travaux, comme s'ils lui eussent été commandés ; qu'il ne s'affligeait point de ce qui lui arrivait comme d'un mal tombé sur lui par hasard ; mais qu'il le recevait comme une chose qui lui est envoyée, disant : Cela, tout amer et fâcheux qu'il est, s'adresse à moi ; faisons en notre devoir. Un tel homme parut grand par nécessité, c'est-à-dire qu'il lui était impossible de ne pas l'être, vu que le mal ne le faisait point gémir ni se plaindre de son sort. Il se faisait connaître à tout le monde comme une lumière qui éclaire dans l'obscurité, et gagnait tous les cœurs par sa douceur et par l'équité qu'il gardait en toutes choses. Il avait une âme enrichie de ces hautes perfections, au-dessus desquelles il n'y a que l'entendement de Dieu, dont une partie s'est écoulée dans le cœur de l'homme. L'Homme ne paraît jamais plus divin que lorsqu'il songe qu'il est né pour mourir et que son corps n'est qu'une hôtellerie qu'il doit quitter aussitôt qu'il est à charge à son hôte. Oui, mon cher Lucile, c'est un témoignage que l'âme vient d'en haut, puisqu'elle estime petit et bas le lieu qu'elle habite et ne craint pas d'en sortir. On sent bien où l'on doit retourner quand on se souvient d'où l'on est venu...

De quelques différences entre les orthographes du XVIIᵐᵉ et du XIXᵐᵉ siècle

estre — être
mesme — même
mesnagez — ménagez
coustume — coutume
échaper — échapper
sçache — sache
voicy — voici
estoit — était
jusques à — jusqu'à
oster — ôter
obligez — obligés
reconnaissans — reconnaissants.
sçauroient — sauraient
moy — moi
avoüeray — avouerai
œconomie — économie
mais quoy — mais quoi
celuy, luy — celui, lui
soy-même — soi-même
toute sorte de livres — toutes sortes
playe... essaye — plaie... essaie
tantost... tantost — tantot... tantôt.
estomach — estomac
plûtost — plutôt
que j'ay leus — que j'ai lus
aujourd'huy — aujourd'hui
gaye — gaie
guères — guère
la bien-scéance — bien-séance
secrettes — secrètes
deffauts — défauts
long-temps — longtemps
receûtes — reçûtes
connoistrez — connaîtrez
accidens — accidents
pupiles — pupilles
aprehender — appréhender

deffiez-vous — défiez-vous
tranquilité — tranquillité
cizelée — ciselée
comment — comme
loing — loin
toutesfois — toutefois
Oüy — Oui
Nud — nu
rameine — ramène
aprises — apprises
chatoüillement — chatouillement
je vous veux apporter — je veux vous...
obmettre — omettre
poinct — point
béguaye — bégaie
s'embarassent — s'embarrassent
honnorer — honorer
reigle — règle
fueilles — feuilles
vray semblable — vraisemblable
ny vanité ny mistère — ni vanité ni mystère
relaschement — relâchement
Si vous ne pouvès autrement, ouvrès-vous un passage.
je prétens — je prétends
distiloit — distillait
aage — âge
menasses — menaces
guières — guère
deux mil escus
stile — style
sillabe — syllabe
échaffaut — échafaud
yvrongnes — ivrognes
marests — marais
bled — blé

TABLE DES MATIÈRES